行政書士　賢治の事件簿

徳田和男

行政書士賢治の事件簿

目次

巡り合わせ——追憶——

五月のカラリと晴れた朝だった。

道路は珍しく空いていて、就業時間前に市役所の駐車場に着いた。

急ぎの仕事があり昨夜は書類整理で深夜になってしまったが、気になることがあって朝一番で戸籍謄本などをとりたかった。


自動販売機から缶コーヒを取り出し、眠気覚ましにと車の中で一息入れていると、道路と駐車場を隔てるだけの金網フェンス越しに通学途上だろう、市内にある県立高校の制服を着た若い男女が唇を交わしている。

眠気は冷めたがコーヒーの味は消えた。


目の当たりにした光景が呼び水にでもなったか……。

あれから三十数年が経った……。


——昭和三十八年、当時はどこの家のテレビも一四型の白黒だったような。

東京オリンピックの前年になる。力道山が刺殺され、アメリカではケネディ大統領が暗殺された年だった。――遠くに過ぎ去った時間。思い出の色もいくぶん黄いばんだ、モノクロームに褪せてはきたが……。

恋という自覚はあった。毎朝の通学電車、彼女は途中の駅で、決まって二両目の前方のドアから乗ってきた。

互いに目礼を交わすだけで体温が二、三度上がったような気分になったものだ。――眩い対象だった。

三年生の冬、確か初雪になった朝だった。改札口を出てすぐ、後ろから手提げのカバンに何かがぶつかった。

彼女が自分のカバンをわざとぶつけてきたのだ。

黒い手袋が白い封筒を賢治に差し出した。

不思議なことに宛名が記されていた。もうすぐ卒業だね、に始まり、何気ない彼女の日常が三枚重ねの便せんに綴られていた。

意外なことに、小学三年のときにトナリのクラスにいたから賢治の名前も覚えていたそうな。進級してから転校したと。

名は新田英子とあった。達筆だった。

思いがけず距離は縮まったが、賢治はひどい悪筆だから恥ずかしくて、とても返事は返せなかった。

——白状すると、破り捨てた便箋はゴミ箱の中で山になった。

卒業して二年後だったか、夕方の駅のホームで電車待ちの彼女の後姿を見掛けた。自分でもびっくりするほど、心臓がどきどき脈打つのを感じた。

自然に足が向かっていた。

近づいて横顔を見ると人違いだった。掛けようとした言葉は砕けて消えた……。期待した分、ダメージも大きかった。

今にして思えば他愛ない淡い感情だった。なのに、歳月を重ねた今も、胸の奥の、ずうっとずうっと深いところに、多感な時代の残映のように焼き付いている。

視線を戻すと二人の背中が遠ざかっていく。モノクロの残映も消えた……。

残りの冷めたコーヒーが、やけに苦かった。


加藤賢治。いわゆる団塊と呼ばれる世代。職業は行政書士。

父親が亡くなったのをきっかけに、東京でのサラリーマン生活に見切りをつけ福井の実家に帰ってきたのは三年前、五十歳になっていた。


自宅兼事務所のある、福井県はA市のJR駅から特急しらさぎ、米原から新幹線を二度乗り継いで、ようやく静岡県のM駅に降り立つ。

初めて訪れる町で、目的地まで徒歩三十分程度なら歩いて行くのが習慣になっていた。

体力維持のための心掛けというより、知らない街を歩くのはササヤカながら非日常が楽しめる。


五月の空に、富士山が屹立していた。

絵に描いたような五月晴れとでもいうのか。

ゆったり、ふんわり浮かんだ白雲が心地いい。栄養ドリンクを飲んだようで、ごちそうさまだ。

地図を頼りに十五分、目的地のSホテルに着いた。

汗ばんだ身体から上着を脱いでラウンジを見渡すと、黒っぽいジャンパーを羽織った初老の男が、傍にいる男女と話し込んでいる。

女の佇まいに、なんと言おう、世故に長けた雰囲気が漂っている。

初老の男が、賢治に気付いたようだ。視線が行き交う。

「加藤先生ですか、遠路はるばるありがとうございます」

と、王丹の義兄、山下喜平は名乗って頭を下げる。

一年前に五十八歳で自死した日本人夫の遺産相続や、自身のビザのことで、賢治の事務所に相談に来た中国人女性がいた。

名前は王淋、中国は天津の出身で年齢三十二歳。

　彼女の来訪は、あらかじめ外国人をサポートするボランテア団体から連絡を受けていた。夫である山下幹夫の死因は、車の中にマフラーからホースを引き込んでの一酸化炭素中毒死だったという。

　結婚して三年が経過したばかりにしては、日本語での会話は流ちょうな方だろう。勝気な印象だが、葬儀から日も経っていないこともあってか、気鬱なものを全身に纏ってい
た。

　車の中からは、死の直前に書き遺したであろう遺言書が、助手席に置かれていたという。

　彼女は、封筒もなかったというその一枚のノートの紙片を賢治に手渡した。

　四カ所の銀行に合計三千万円ほどの預金。

　遺言者の署名、日付押印もなし。

　書き殴ったような文字で、死後のあちらこちらへの清算の指示と相続人である妻の王淋と兄の山下喜平への分配方がこまごま書かれている。

　ため息交じりに王淋を見やると、賢治の表情を覗う潤んだ目があった。

簡単な葬儀の後は、相続に関する義兄との諍いもあって、天津に帰国していたが、三日前に、後始末がらみで戻ってきたという。

幹夫のひとつ違いの弟山下喜平は名乗ってソファに腰を下ろすと、あとは同席の女に任せたといった感じ。女が切り出した。

交換した女の名刺には「コスモス企画」とある。問うと国際結婚仲介業で、要するに日本人の独身男性を、現地に連れて行き中国人女性との見合いをセッティングする仕事だという。

名刺に目を落とすと、女性は代表で瀬口明子とある。

最近は、賢治の町でも、中国人やフィリピン人女性を妻とする家が珍しくもなくなった。仕事で関わった斡旋を業とする中国人女性の話では、一組当たり二、三百万円の費用――結納金込み――になるそうな。

男の方は三十代後半、瀬口明子は厚化粧に隠れてはいるが五十代前後か。

要するに、「コスモス企画」が企画した中国でのお見合いツアーで、山下幹夫を王淋に引き合わせ、結婚から入国まで面倒を見てきた。

その縁で兄の喜平とも知己になった。そこで今回、相続で王淋と揉めた喜平が、瀬口明子を頼った、ということのようだ。

絡んだ瀬口明子は、葬儀後帰国していた王淋を説得に天津まで出向いていったという。が面会を拒まれ埒の明かないところへ、賢治から山下喜平に連絡が入った。で、同席しているると。――長い話になった。


瀬口明子に、「そちらは息子さんですか？」

憮然とした表情で、隣の男が代わって答えた。

「夫です」と返ってきた。――微妙な空気を漂わせてしまった。

テーブル上に置いた賢治の名刺を見遣りながら「司法書士と行政書士って、何がどう違うんですか？」

気を悪くした素振りも見せず、明子が訊いてきた。

よく訊かれることだ。

ひと言でいえば、司法書士のように不動産や法人の登記申請はできないが、弁護士と競合する事実証明および権利義務に関する書類業務ができる他、独占的に、行政に関する五千件を超える許認可文書の申請業務を取り扱うことができる。とはいっても、そんな謳い文句は所詮絵に描いた餅で、需要という魚のいない川で釣り糸を垂らしていても食っていけるものではない。

賢治の場合は、建設業・外国人の在留手続・相続などの需要の多い分野で身過ぎ世過ぎをしている。弁護士業との境界はグレー。

係争に発展すると予見できるケースはダメと云っても現実の仕事は、そうそう定規を当てたように線引きするのは土台無理というもの。

虹だって色の境界は滲んでいるではないか。

口角泡飛ばし、指差し言うほどに、現実の仕事現場とは乖離してしまう。

業際を盾に逃避してしまう同業者もいる。石橋を（壊れるまで）たたいて渡るということか。

開業間もない頃、当時流行のメーリングリストで案内された研修会に参加したことがある。

講師は、東京家裁で調停員をしていることをハナにかけた口ぶりの女性行政書士だった。タイトルは「行政書士が作成する遺産分割協議書」。講義を聴いていると税理士ではないから相続税には触れてはいけないというような話しぶり。

クライアントの身になって考えれば自明ではないか。行政書士であろうが弁護士であろうが関係ない。完全なものを期待して依頼している。

行政書士が作ったものだから税金の面で不都合なことになったでは済まされない。「行政書士が作成する中途半端な遺産分割協議書」と読めてしまう。

このように、業際を過剰に意識して萎縮すると、クライアントのためにもならない。商品としての「遺産分割協議書」が実のない果実――に成り下がる。

登記であれ示談であれ、そこは無償でもいいから兎に角、いくつか経験してみればいい。そういう下地があれば、事件の全体像を俯瞰して視る目も養われる。

以前、貸家の家賃滞納で明け渡しの強制執行をサポートしたことがある。

賃借人は、いわゆる、その筋の人間だった。

賃料は時たま入れては滞納の繰り返し。

貸主の気持ちを迷わせるパターン。仲介した不動産屋は始めのうちこそ、玄関のカギを取り替えるなどの強硬手段を取ると言っていたが相手の素性が分かった後は態度豹変して尻ごみ。計算すると三ヵ月以上の滞納になったので、賢治が内容証明を打っておいて約二週間経過後、本人が訴状提出。

すんなり立ち退きの判決を得たが、いざ強制執行という段になって俄然ハードルが立ち塞がってきた。

先ずその費用負担。民事執行法によれば費用負担は債務者となっているが、そんなものは所詮絵に描いた餅。

　裁判所内の執行官室へ出向くと、執行官プラス民間人の執行助手ひとりを雇うとのことで二人の人件費は債権者負担。訊けば執行官自体が給料ではなく事件の手数料制だそうな。

　なるほど公証人のようなものか。ここまではまだいい……。


　凶暴そうな大型犬がいると伝えると獣医師の立ち会いが必要だから、債権者の方で用意しておくようにと。

　理由は、麻酔の注射を打って眠らせておいて、安全に作業したいから。

　あとは、家財道具を運ぶ運送業者と打ち合わせて大型トラック二、三台も手配しておくように。

　最後はトドメ刺すようにその荷物の降し先も用意してください。

　ぜーんぶ、ぜーんぶ債権者の負担だという。

　更にダメ押し。我々の報酬は前払いですから。あとで債務者から取り返すなんてハナから無理な話。泣き面に蜂を地で行くようなことになったが、なんとか強制退去はできたので良しとするかない。

少なくとも、クライアントは満足してくれた。

蛇足になるが、凶暴そうに見えた大型犬は、図体こそデカイが実は温和しい種類の犬だそうで賢治が連れてきた獣医師の出番はなかった。

当然だがしっかり半日分の日当はキャッシュで支払った。

行政書士が裁判所というと、違和感を抱く向きもあると思うが、これが結構な頻度で関わる。

例えば、婚姻期間中——外国人女性が別居中に懐胎した場合など、胎児認知をしておいての親子関係不存在確認調停、そのための前夫との根回しを含めて数件処理している。

いずれも弁護士や人権相談所など、思いつく限り相談のハシゴをしてきたが、体よく断られた挙句に噂を聞きつけ、ワラにもすがる思いで賢治の事務所を訪ねたという。

市役所の職員と児童相談所の職員が寄り添ってきたケースで言われた。

面と向かって、ワラって正直に言うか……。

傍らでお目付役よろしく控える賢治の妹（地方銀行を退職後、補助者として兄貴を支えている）を見遣ると、すました顔で微笑。お前は不感症か！

舌打ちしたかったがこらえた。

似たような事件で外国人の神父夫妻が付き添ってきたケースもあったが、ワラとは言わなかったぞ。大丈夫かな、って顔には出ていたような気はするが。

ま、良い。これらの事件については、改めて別章で辿りたい。

初めて裁判所絡みの仕事をしたのは、開業後間もない頃。

この事案は外国人関連ではなかった。クライアントは、近隣の村に住む、見知りの初老男性。約三〇〇〇平方メートルの田んぼに、先代が設定した抵当権設定仮登記が付いていた。

目障りなので自分の死後に相続する婿養子のためにも、登記簿をきれいにしておきたいと思い、数年前に司法書士に頼んだが、やんわり断られたという経緯があって相続登記も未了。

件の登記は、昭和三十七年の設定で八十万円の借金を返さないときは抵当権を設定するというもの。

債権者はいわゆる町の高利貸しでもあったか個人名。住所地跡は、料理旅館になっていたが経営者の姓は債権者の姓と一致しない。

四十年近い時が流れているから債権者の子・孫を相手の仕事になる。何人になるやら……。司法書士が断るのもうなずける。

手つかずになっている相続登記も、この機会にということで、手土産の菓子折り片手に「やってもらえるだろうか……？」こう出られては弱い。

頭の中で仮登記抹消までの鳥瞰図を描いた。

結局、債権の時効消滅で、かたを付けるしかないと思った。

まだ知り合いと言える弁護士はいなかったので、弁護士一人、女事務員一人の、こじんまりした事務所に飛び込んだ。

意外だった。まるであんた自分でやれよ、みたいな対応。

コストパフーマンスだろう――。福井のような地方都市であれ、事務員を雇って事務所を構えるだけで維持費は相当なものだろう。

聞くところでは、地方によっても差があるが毎年の弁護士会費などの諸経費だけでも百万円になるとか。

――であればチマチマした仕事は敬遠されてもしょうがないか。

案の定、二つ目の事務所でも門前払いを食った。

開業したばかりで時間は余るほどあった。早速、戸籍収集開始。

登記簿上の債権者の住所を手懸りに戸籍を辿っていくと、相続人は北海道、東京、埼玉、山梨、大阪、県内とその数は八人になった。

相続人の戸籍は郵送で集めたが、函館は郵送で集めるには複雑だったことと、たまたま、富山空港と函館空港を往復の格安のチケットが手に入る目途がついたので出張した。

手がけてから約三ヵ月を経過した頃、ようやく作成した相続関係説明図を持参して、県内在住の相続人のひとりを訪ねた。

賢治と同じ年齢の相続人と、その母そして相続人の妻が同席した。

相続関係説明図を繁々見ていた、相続人の母親の顔に強い感情の色が走ったと感じた。三人が互いに顔を見合わせた後、母親の口から言葉が溢れた。

「探していたんですよ、山梨ですか……。死んだものとばかり思って諦めていました」

亡くなった主人が生前手を尽くして探したが、ようと行方知れずだった甥が生きて、この説明図に載っているという。

主人が、事情があって我が子同様に慈しんできた甥っ子だそうな。思いがけず解決に向けての糸がほぐれた。

感謝の言葉に添えて、ばらばらに散らばった相続人への連絡と事情説明を引き受けてもらえたのだ。

債権の消滅時効による担保仮登記抹消を求める訴状は代筆し、使者として提出した。もちろん異議を唱えての応訴はなかった。

円卓テーブルの、時計の針が所定の位置にきたのを確認した裁判官は、短く結審を告げた。

――で、退廷するとき傍聴席にいた賢治を見遣りつつ原告に話しかけ、あの司法書士さんに手伝って貰ったの？　と、言い残してほほ笑んだ――。

書記官には行政書士の名刺は渡してあったのに……。

ともあれ、本件は、簡裁の書記官に恵まれた。とても親切な人だったから。

閑話休題。話はホテルのロビーに戻る。

瀬口明子は続けた。

「先生の方からも説得お願いできませんか？」

「何をどう？」

「彼女はこれからも日本に残るつもりなのか、その辺りは聞いていませんか？」

「さあどうでしょう、ビザの問題もありますから」

「天津に帰ってしまうと、例えば遺族年金などはどうなるのですか?」

「再婚しない限り給付されるでしょうね」

「そんなの納得できないわ」

憮然とした表情が、お口に代わって言っている。

王淋に敵意を抱いていることは伝わってくるが、瀬口明子のことは全く聞いていなかったから、どう絡んでくるか慎重に様子を見るしかない。


静岡まで出張したのは、山下喜平との面会ついでに、市役所で被相続人の除籍謄本などの収集目的もあった。

むろん郵送請求でも入手できるが現地で集める方が捗る。

相続の場合は、基本的に死亡した人の現在戸籍から切れ目なく出生まで遡って揃える。相続人つまり子供については、逆に出生から現在までを収集する。要するに被相続人に婚外子とかが他にいないか、子供については現存かを証明するためである。

喜平には、形式不備ではあるが、くだんの「遺言書」を尊重したうえでの遺産分割の打診をしたが異論はなかった。

築三十年を経過している福井の住居は王淋が中国に帰国する以上、喜平が相続するのが後始末を考えるとそうすべきであると伝え、これも手応えを得た。

なら、なんの問題もない。

静岡くんだりまで足を延ばした甲斐があったと先行きを楽観した。


ところで、王淋が言う相続に関する義兄との諍いというのはこういうことだった。

喜平が福井の家の合鍵でも持っているのか、半年前に中国に帰っていた王淋が福井の家に戻ってみると誰かが家の中を物色した形跡があった。

しかし、何かがなくなっているということはなかった。

近所付き合いは薄かったが、唯一、挨拶程度は交わす同じ年頃の若奥さんがいた。

夫のアルバムから、喜平が並んで写っているたった一枚の写真を剥がして訊くと、果たして彼女は、自信はないのよ、と言いつつも窺うような目は肯定していたと。王淋の留守中、家の中から出てくるところを、二、三回見かけたとも言う。

電話で問い詰めると、兄の家を心配して見に行くことを非難される覚えはないと開き直られた。中国人だと思ってバカにしている、と憤慨する様子はさすがに理解できた。

が、目の前の喜平は紳士然としている。――あんたはジキルとハイドか――。

食えない男だ。


翌日の朝、山下幹夫の本籍地であるS市役所で、彼の福井県A市に転籍する直前から出生までの戸籍謄本を請求した。

交付された謄本を確認すると、幹夫には離婚歴があった。

王淋と再婚する十年前だ。

いわゆる在日韓国人で婚姻二年後に帰化し日本国籍取得。

夫婦の間には今年二十六歳になる娘がいて離婚後の親子の本籍地は福井市となっている。

思わず凝視してしまった。おいおい、喜平には相続権がないじゃないか！

遺言書での遺贈があれば別として、遺された子と現在の配偶者である王淋のみが相続人で、弟の喜平は相続人ではない。

幹夫が書き遺した遺言書はあるが、その紙切れには署名押印や日付の記載がなく、法的には無効なものでしかない。

福井に戻るべくM駅に徒歩で向かった。

折良く停車し、米原でも停まる「ひかり」に乗ることができた。

往路と違って窓外の景色は目に入らない。何か見落としてはいないか……。頭の中は山下幹夫が書き遺したノートの紙片を反芻していた。

陽はまだ高い、腕時計を見て思いつき途中の名古屋駅で下車した。

名古屋入管に収容されている中国人女性の朴弦診を思い出し、見舞うことにした。王淋と同じボランテア団体からの紹介で受任した事件だった。

一年ほど前、彼女は日本人夫とともにオーバーステイ状態で相談に来た。

二年前に半年の就学ビザ（現在はこの在留資格はなくなった）で来日後、そのまま超過滞在（不法滞在）中に結婚。ついてはこのまま日本で生活するための手続きである「特別在留許可」を得たい、ついてはそのサポートをしてくれないか。ということだった。

不法滞在であれば、強制退去手続きになり日本から退去強制されるのが原則。しかし、例外的に、引き続き在留を希望する退去強制事由に該当する外国人に対して、退去強制手段の最終手段で法務大臣が特別な事情を認めて在留を許可する場合があり、これを在留特別許可とよんでいる（二〇〇四年の法改正により全て強制ではなく、自首出頭による出国命令制度も選択可能になった）。

この「在留特別許可」が得られるケースは日本人男と婚姻した配偶者であること——賢治の経験では——が殆ど。

とはいえ、ただ婚姻届が出ているだけでは駄目で同居などはむろん夫婦としての実態がなければ認められない——現地調査があって、たとえば歯ブラシが夫婦揃っているとか。

本件の場合は、決して偽装結婚ではなかったが――偽装なら受任しない――。

受任後も三回アパートを訪ねて衣類日用品を確認している。

ただ、夫が長距離運送トラックドライバーだったことで月に二回ほどしかアパートに帰れなかった。

仮放免状態が半年以上続いたことから彼女自身の行動に緩みがでた――賢治の注意を守ってくれなかった。

ある日、名古屋の友人を頼って中国式マッサージ店で働いていると連絡がきた。

福井のアパートは契約を継続しているが、夫とはしばらくご無沙汰だという。

最初の出頭から一年余りを経過したある日、彼女から連絡があり、夫に入管から呼び出しの電話があり明後日名古屋入管に出頭するので、明日福井に帰ります――。

翌日、賢治は福井駅構内の喫茶店で久にぶりに夫婦と顔を合わせた。

――ここでちょっとしたアクシデントがあった。

夫の賢治に対する態度が不遜で不機嫌――。

要は、夫は賢治が彼女を駅に出迎えることを知らなかった。夫である自分より先に喫茶店に妻と二人でいたことが心外であったようで男女の関係を疑っているらしく嫉妬心を隠そうともしなかった。

――青天の霹靂――なんでしっかり留守を守らせなかった、と怒鳴りたかったが飲み込んだ。

入管からの呼び出しがきたと聞いた時からアウトを確信していたのだ。で、朴弦診はそのまま身柄拘束される可能性が高いのでその心積もりと準備をして出頭するように忠告した。

が、夫は聞く耳持たずで、入管からの電話は優しく丁寧なものだったらしく、自分は許可を信じる。先生の忠告より入管を信じる――と賢治の目を見ようともしない。

名古屋入管の地下を降りていくと鉄格子（アクリルガラスだったかもしれない）の向こ

うに彼女は現れた。

こんな時間なのに、シャワーでも使っていたのか、彼女は洗い立ての髪を押さえるようにして、思ったより元気そうな表情で応じてくれた「先生、ごめんね」――ただ頷くしかなかった――。

ごめんね――が後を引いた――彼女にとっての結婚は日本で働くための方便でしかなかったのか……それとも忠告を受け入れずに強制退去に処せられる身になったことへの謝罪であるのか。

いつだったか、彼女が言っていた言葉を思い出した。

「例えると、道を歩いていても私たちは常に何か利になるモノはないか、それこそ鷹の目で周囲を見、神経を張っているが、日本人からはそんな気配が感じられない。日本人と中国人の分かりやすい差だね」。

彼女の生地は、中国の延吉市は吉林省延辺朝鮮族自治州に位置する県級市で自治州政府の所在地でもあるとか。

町にはハングルの看板が溢れ、朝鮮語放送のテレビ局もあるそうな。

現地には十歳の娘がいるとか（入管に提出時の経歴書には記載されていなかったが）。暮らしは酷く貧しいところだと言っていた。

夫の方は間違いなく本心から彼女に惚れていたし執心していたが、はたして彼女の方はどうだったろう？

結婚ビザは日本で稼ぐための足場としか考えていなかったかもしれない。


ともあれ、この後例え観光であれ、彼女が再び日本に足を踏み入れることは、もうないできない——。

元気でな。口には出さず係官に促され退室する彼女の背を見送った。

——翌日始業開始時間を待っている間に高校生男女の熱いところを見せられてしまった。

市役所の窓口で、幹夫の先妻の離婚後に編製された新戸籍と現住所を確認するための戸籍附表を取得した。

先妻、英子は三年前に亡くなっていた。偶然だろうが、先ほど回想した通学電車での彼女の名も英子だった。戸籍に記載された生年も賢治と同年。

市役所を出たところでタイミングよく王淋から携帯が入った。

直ぐに自宅に向かう。「娘がいるの知ってるよ、会ったことないけど学校の先生だよ」

彼女は先妻の子の存在を知っていた。

どころか裁判所で相続放棄の手続きを終えていることまで。

先に言えよな！　出かかったが、ぐっと堪えた。

自宅から車で連れ出し、幹夫が入っていた生命保険の出金手続きに同行した足で福井家庭裁判所に向かった。

日本語も決して満足ではないのに……。違和感はあるが、はたして、相続放棄申述書の写しは取れた。
なんで相続放棄したことを知ったか、そういう問いかけには途端に日本語が通じなくなる。便利な使いわけかよ！

翌日も銀行を回っての残高証明書の取得や社会保険事務所での遺族年金手続きに同伴。銀行の残高証明書はむろん委任状でＯＫだが、自分も同行するといってきかない。根っこのところで信頼されていないのか強情な面が目につきだし、振り回されているようにも感じだす。着手金十万円は安すぎたかも。

幹夫が自死した現場付近も、せがまれ助手席に乗せて連れても行った。そこでは放心したように膝をつき声にならない嗚咽を漏らしていた。

依然として相続放棄の件が引っ掛かるが、着地点も見えてきたことから遺産分割協議書の清書にかかる。
住宅や土地などの不動産は固定資産税というランニングコストがかかること、それに伴う支払方法の問題。加えて築三十年を経た建物なので、いずれくる解体時の手続などを考えると中国在住の王淋が相続するのは避けたい。

「そういうことだから、そこはお金で清算しようね」と持ちかけると、首を縦に振る。が、いざ署名の段になると頑なに首は横振り。義弟喜平への反感から日を追って彼女の心の揺れが大きくなっていく。

掛けた梯子を外されはしまいか、次第に賢治の中で王淋に対する不信感が増していった。

数日後、王淋は一ヶ月ほどと言い置き中国へ帰国した。彼女の「日本人の配偶者等」というビザの有効期間はその時点で一年あまり残っていたので出入国は自由にできた。

彼女の運転手役から解放された賢治は、幹夫の別れた妻に相続放棄の経緯を確認することにした。この件に係わったものの責務ではないか。後悔はしたくない。

戸籍付票に記載された住所は賢治の隣町にあった。電話帳には記載がなく、手紙で訪問の意を伝えておいた。

数日後の夕方、築後十年ほどと見える外観が白い瀟洒な二階建て。陽も落ちた夕暮れ時、二階から明かりが洩れている。玄関チャイムを押した。

「お話しすることはありません」

予想していた通りの言葉が返ってきた。が、諦めて踵を返したとき、背後から声がかかった。

「別の日なら大丈夫です」

はたして数日後の夕刻、着信音に反応してスマートフォンを手に取ると見知らぬ番号が表示されていた。

三日後、賢治が指定した福井市交流プラザ内の貸応接室に、幹夫と先妻英子の娘である絢子が、黒ぶち眼鏡をかけて約束の時間前に現れた。

賢く聡明な印象を受ける表情だ。既視感を覚える。

頭の奥の方で小さな警鐘が鳴った。

絢子は自分の出生の秘密を知っていた。

母が離婚したのは十年前だが、それは戸籍上のことであって結婚生活が破綻し別居に至ったのは絢子を懐胎する前からだったが、その後も幹夫が頑なに離婚には応じなかったからだという。


で、「実は私は山下の娘ではないのです」

どういうことかと訊くと、

「高校一年のときに母から打ち明けられました。私の実父（日本人）は妻子ある身なので認知はしてもらえなかったそうです」

「当時はまだ、母が日本国籍を取ってなかったものですから生まれてくる子の国籍のことなどの問題もあって困ったそうです」

――民法の規定では、妻が婚姻中や離婚後三百日以内に出生した子は夫の子と推定される。

つまり何もしないで出生届を出すと戸籍上の夫の子として受理される。

絢子のケースだと母がそれを事実と異なるとして嫌い、出生届自体を出さないと、子はいわゆる「無戸籍」になる。

もっとも、夫の方は入籍した子を嫡出否認の訴により自分の子ではないと争うことができるが、幹夫はそうした手立てを取っていない。


英子は娘が無戸籍になるのを避けるために別居中の夫の戸籍に入ることを承知で出生届を出した。

離婚を拒む夫幹夫との葛藤はあったろう——。

何故かは知る由もないが、幹夫は離婚を拒み、不実の戸籍上の子の存在をも背負ったことになる。


更に絢子は言う。

「実は母の母、つまり私の祖母は日本人で、母の父は韓国籍なのです」

「選べば母は、祖母の国籍である日本人になれたのですが、そうはしなかった、どころか韓国にも出生届は出してなかったそうです」

「その事情は母も知らないと言っていました」

別居後、英子は韓国籍の父と母（日本人）の実家に戻り、土建業を営む父の仕事を手伝いながら絢子を東京の音楽大学を卒業させた。

――今はこのとおり福井に帰って私立高校で音楽教師をしているという。

彼女が望まずして背負わされた運命とでもいうか……その心情は、想像できそうでできはしなかったが。

別れ際、絢子から出身高校と卒業年次を訊かれ答えた。

「私が初対面同様の先生にこんな身の上話をするのって変だと思いませんか？」――次の日曜日に自宅に招かれた。その理由が分かるという。

喜平から連絡があった。三日後に福井に行くが賢治の都合は、と訊いてきたので福井市交流プラザ内の貸応接室の空きを確認して応じた。

当日はやけに風の強い日だった。

そのせいで電車のダイヤが狂ったとかで三十分ほど待たされたが、瀬口明子夫妻を連れて現れた。

こちらから質すまでもなく喜平は英子親娘のことを話し、絢子が相続放棄したことにも触れた。

探るような目を賢治に向けてきたが深入りする必要もない。

「なるほど」と返して終わった。

話は遺産分割協議になり、かねてから伝えてあったとおり王淋が不動産に拘ってサインが取れない現状を話した。

結局、瀬口英子が天津で企画している見合いツアーのついでにでも、王淋を訪ねて説得を試みるということになった。

王淋が来日する一週間ほど前に、瀬口英子から電話があり、結局不首尾に終わったとのことだった。

彼女等の間には、見合いツアー以来の金銭的なトラブルがあることを仄めかしもした。

賢治は帰ってきた王淋と、福井駅前のホテルロビーで面会した。

高価そうな向こうの土産を渡されはしたが、それより遺産分割協議書へのサインがほしかった。

中味は決して王淋に不利なものではなく、むしろ有利なものなのだから。

――自分では住めない自宅を、何の意地からか――。

ついにサインをすることはなかった。

次の日、紹介先のボランテア団体へ辞任を伝え、喜平にもその旨連絡を入れ、本件は強制終了した。

しばらくして王淋の案件をある弁護士が受任したことを知る。

――日曜日の午後、絢子を訪ねた。コーヒーを振る舞われた後、古いアルバムを開いて手渡された。

なつかしい写真があった。

「この選手、先生じゃありません？

そんなに鮮明な写真じゃないし……でも何となく感じたんです。

先日お会いしたときには確信に変わりました」返す言葉もなく見返した。

覗うように「新田英子さんの娘さんでしたか？」問うと「それで今日はお招きしたのです」

――母の通称名は新田英子でした。


頭の中で過去の映像が再生される。

高校一年の秋、知事杯を賭けた公式戦があり、一枚看板の二年生投手が練習中に怪我をしたとかで野球部の監督は、自身の先輩であった賢治の中学時代の監督を頼り、その伝手で中学時代にエースとして県大会準決勝までいった賢治は請われて助っ人出場するはめになった。

賢治が高校で野球部に行かなかったのは自分の限界を知っていたから。

それでも自宅まで両親の説得に訪れた監督の気合いのようなものに負けて今回限りの約

束で上がったマウンドだった。

撮られているのも気付かず試合直前の球場入り口で他の選手と談笑している一枚（これは顔が鮮明）とマウンド上での一枚が貼ってあった。

絢子は、喜平から相続放棄の打診があって山下幹夫の死を知った。

瀬口英子夫妻も同席しての説得だったそうだ。

「法的にどうであろうと、はなから私に相続権がないことは自覚していますから、言われたとおりに相続放棄の書面に署名捺印しました」

それから一年ほど経ったある日、喜平が訪ねてきた。

で、王淋が賢治の後を引き継いだ弁護士を調停成立後に解任したことを知る。

賢治が辞任した後、その弁護士は王淋の申立代理人となり調停でケリを付けていた。

喜平が持ち込んできた「調停調書正本」には、――「上記手続については、申立人代理人が責任をもって行うものとする」となっているが、弁護士は自分はその後解任されてしまい、中立人とは音信不通になってしまった、と取り付く島もないそうな。

これは通用しない。なんなら弁護士の責任は問えると伝えた。


何年ぶりかで電車に乗った。

線路の東側は平べったい田んぼが遙か彼方の山裾まで拡がっていて、冬の晴れた日には雪を乗せた白山がその連峰稜線の奥に望める。

通学電車で眺めた景色だ。

互いを意識しながらも、二人して無言で眺めた情景だった。

名状しがたいものが去来した。

報いの言葉は――

「奇跡だと思います」

――海図も持たずに漕ぎ出したものの、幼い子供二人を乗せたその小舟は暗礁に乗り上げた難破船さながらだった。父である船長は行く先々で必要になる子などの「親権」というパスポートすら持ち合わせていなかった――。


その支局は初めて訪れる役所だった。窓口で訪いを告げると、その女性職員は何故か待ち受けていたような容子で、微笑を浮かべながら言った。

「奇跡だと思います」

官僚的雰囲気が色濃く漂う法務局窓口で、そんな言葉が洩れたのには正直驚いた。今思うに役所だからこその限界、もてあましていたことの証左か。


その日は定例の無料相談日と銘打った土曜日の午後だった。予約時間より少し遅れて現れたのは女性三人と三十歳そこそこと思しき男の四人連れ。中では一番若そうな女性の名刺に目を落とすとA市役所職員とある。

両隣りには児童相談所（社会福祉事務所だったか？）の職員そして児童施設の職員が座り、端に遠慮がちに賢治を見遣る男が座った。

国際交流協会からの事前連絡もあり、混み入った案件であることは聞いていたが。――普通なら逆だろう――なんで在野の人間に頼るか……。

市役所のバックには当然ながら法務局がいる。市民から持ち込まれたものの市役所の窓口で持て余す案件は法務局に照会なり受理伺いで処理していくという流れになる。既に家庭裁判所、法律事務所、フィリピン領事館など思いつく限りのすべてで相談してきたが埒があかないという。

どういう係わりかは知らぬが、その全てに同席するなどして係わってきたという職員には頭が下がる思いがした。

わけてもフィリピン領事館というところは、いつも話し中で電話のつながった試しがない――。

市役所職員が書き連ねたのだろう、時系列に整理された経緯書を手渡された。

——相談に行った家庭裁判所などの日時担当者名までが記載されている律儀なものだ。

皆を悩ませているのは、エドウイン四歳と雄大三歳という幼い兄弟。

兄弟の母、サンタマリアは七年前にK県在住の吉田幸一と、「興業」という芸能活動（ダンサー）での半年限りの査証で来日していたときに知り合い、帰国後、吉田がフィリピンに渡って現地で結婚後、日本に呼び寄せていたが四年後には協議離婚していた——。

彼女は吉田の妻として来日一年近く経過した頃、福井市のフィリピンパブで働いているときに、地元の製薬会社の工場で働いていた、秋本雄二（目の前にいる男）が同僚と一緒に客として訪れ知り合った。

彼はサンタマリアから戸籍上は日本人と婚姻中ではあるが、それは偽装結婚なので、交際は問題ないと聞かされていた。

間もなく、彼女は妊娠した。

フィリピンで出産したという兄のエドウインの方はフィリピンでの出生登録は済ませたが、以降、日本では何の手続きもされていないという現状だった。

秋本雄二が言うには、サンタマリアが長男を妊娠した頃には既に彼女の虚言癖や、金の無心に悩まされトラブルが耐えなかったと。

堕胎を頼むも頑として譲らず、出産のためと言い置いて帰国。

帰国中もその出産費用の度重なる送金要請があり、もろもろ不信感も募り、秋本は自分の目で子の存在を確かめるべくフィリピンに渡り、その産まれた子を確認もした。仕方なく出生登録にも応じ父親として認知宣誓書にサインして先に帰国。

しばらくして彼女も子を連れて日本に戻ってきた。

この先必要になるので訊くと、出生証明書（戸籍のようなもの）は持ち帰っていないという。

因みに、フィリピンの出生証明書は、婚外子の父欄に好きな芸能人の名前を拝借して申請するなんていうのは珍しくもないとか——。

フィリピン家族法では親子関係について事実主義が採用されていることから、出生の事実をもって、つまり婚姻外に生まれた子についても認知を要することなく出生登録だけで親子関係が成立するが、秋本は日本人なので（日本は認知届要）宣誓書にサインを求められていた。

一方、次男の雄大の方は日本国内で出産したが、秋本が胎児認知をしているという。出生後は現住所の市役所に出生届を提出しているので、吉田というサンタマリアの前夫の嫡出子としてその戸籍に入籍している。吉田という男が知ったら驚くだろう。

胎児認知は市役所に勧められたのだろう。

サンタマリアは当時、夫とは婚姻状態であったから出産後には民法の婚姻中或いは離婚後三百日の規定に抵触するため、当然認知届は出せない。

こういったケースでは、不受理を前提に「胎児認知届」を提出するのである。結果、不受理にはなるが、提出した記録は残してもらえる。

後に実父からの「嫡出否認の訴」により父子関係が否定された場合や、子からの「親子関係不存在確認の調停の申立」などにより認知可能な状態に至ったときに、この足跡（不受理の胎児認知届）が俄然生きてくる。

つまり空白なく生来の日本国籍者となる。

現在、秋本は二人の子供を引き取り養育している。

彼の母が世話をしてくれていた。エドウィンは形式上は日本国籍だから在留資格云々の煩わしさはないが、雄大はフィリピン国籍ということで慣れない手続きが定期的にやってくる。

サンタマリアとは別居かつ険悪状態が継続していて彼女との結婚はとても考えられないというか、既に秋本自身にも日本人女性と結婚を前提の交際女性がいる。一方でサンタマリアも資産家男性の愛人になっているとのこと。

このような状況下、様々子供が成長するにつけての不都合な現実（例えば子の親権は母であるサンタマリア）に直面し、悲鳴をあげながら相談に至ったということだった。

加えて、秋本はサンタマリアから、吉田幸一がいわゆる筋者であることを聞き知っていたこともあって、もつれた糸をほぐすにも、その糸口すら掴めていなかった。
そこかしこで受けるアドバイスは、抽象的で解決のための処方箋が得られない。ストライクゾーンに入ってこないから見送るばかりの立ち往生——。

在大阪フィリピン領事館——サンタマリア独身証明書は離婚後十ヶ月を経過していないと出せない——問い合わせの意図とその回答の意味不明。
なお、市役所職員のような代理ではなくサンタマリア本人から電話するようにと、にべもないものだった、とある。婚姻期間中に交付などできるわけがない。
胎児認知の際の必要書類だったと考えたらしいが、不受理を前提の手続きなのだから不要なものだ。

弁護士事務所——フィリピンの法律には疎いもので——複数の法律事務所での門前払い回答。

児童相談所——「子供はサンタマリアに返し人生をやり直したらどうか。

このような事例はたくさん扱ってきたが、秋本さんが今お付き合いしている日本人女性と再婚したときには、二人の子供は現状以上に不幸になります。

彼女に手玉にとられているのですよ。

金蔓として利用されているのです——」

「言えてるなぁ、俺も同感だよ！」口に出さずにつぶやいた。

秋本は既に子供のことを口実になんだかんだと約三百万円超の金を貢いでいたというのだから。

家庭裁判所——「難しいケースなので調べてから連絡します」——連絡はあったが、「弁護士さんに依頼したらどうですか」

——いっそのこと首を縦に振る弁護士さんを紹介してほしかった、と——。

かれこれ一時間を超えたヒヤリングの概略はこうだ。

秋本とサンタマリア（結婚はしていないいしする気もない）の間に産まれた幼い兄弟を、

現在秋本と二人暮らしの秋本の母が面倒を見ていたが最近、病に倒れて現在入院中で重篤な状態にある。

やむなく幼い兄弟は施設に預けることになったがいろいろ不都合な現実に向かい合うことになった。そんなこともあって将来のためというか、現実問題として子供たちの戸籍や国籍を整理したい——。

役所は兄弟の親権者である母親が子の手続きにそっぽを向いてしまっていること、加えて相手が筋者というハードルを前にすくんでいる、という構図と理解した。確かに母親の協力は絶対的な必要条件ではある。

取り敢えずは、サンタマリアに面会に応じさせる手筈をとること、二男の「レッドリボン（フィリピン外務省認証）付出生証明書」を取り寄せるので三万円ほどの費用がかかる旨を伝えて本件受任。

藁にもすがる思いで来たという人間を前にして断る選択肢はなかった。

といえば格好は良いが、実のところ生来のお人好しに過ぎないと客が帰った後、補助者である妹に詰められはした。

――賢治は中学時代、野球部にいた。

当時の一年生といえばまともな練習はさせてもらえず、いわゆる球拾いに明け暮れる日々だった。

そんな中キャッチボールの相手にはいつも選んでいた男がいた。

何故か彼の様子が妙に浮いているというか孤立していているようで気になっていたから。

夏休みも終わり二学期が始まって間もなくの頃だった、暴力団の組長が酒場で銃殺されるという事件があった――彼、海津一郎の父だった。

その後、彼の姿を見かけることはなかった。

彼の素性を知らなかったのは賢治だけだった、とは後になって知ったこと――。

二月に一回、第三土曜日に催される国際交流協会主催の無料相談会がある。

その日は賢治が当番だった。

予約制だが、一組キャンセルが出たとかでの飛び入り。通訳も中国語の担当に入れ替わった。


中国人女性が中国語で通訳に相談内容を伝え始めて間もなく、同伴の男の訝しげな視線を強く感じた。

見覚えのある顔だった。

殆ど同時に口から互いの苗字が漏れた。風貌はずいぶん変わったが、間違いなくあの海津一郎だった。――中学以来の思いがけない邂逅になった。


いや、二十二、三歳の頃だった。勤務先の忘年会で隣県の温泉町で出会っていた。

宿泊先の旅館内でひと悶着をおこした際に助けてもらったことがあった。

館内の風呂場に向かう通路でのすれ違いざま、浴衣の片肌が脱げた入れ墨者の二人連れに、悪酔いしていた同僚がからかいの言葉を投げた。

取りなして、酒の上でのことと済みそうな話ではなかった。

殺気だった相手の目は座っていた。困惑した時間はとても長く感じた。

そんな状況下、緊迫した空気を割くような雰囲気をまとって、男たちの連れでもあったか現れた男は海津だった。

彼は賢治を視認し、この場を離れるように目で合図してきた。

同僚の浴衣の袖を引き、逃げるようにその場を離れた。

途中振り返ってみたが誰も追ってはこなかった。

件の同僚は酔いも覚めたか、青ざめるというより蒼白な顔になっていたものだ。

それっきりのことで終わった。

毛色の変わった相談だった。ここでは看板通り、在留資格とか外国人に絡む法律相談を持ち込まれるのが通常。海津がその中国人女性を助手席に乗せてドライブ中に彼の過失で交通事故を起こし、女性の顔に傷が残ってしまった。

ついては、自賠責保険での治癒（これ以上治療不能）となったが、後遺症の等級に該当するか？　というお門違いの相談だった。

三日後には中国に一ヶ月一時帰国するという彼女の眉毛の上に、確かに二センチメートルの縫ったような痕跡がある。

後遺障害十二級には顔面部に残った十円硬貨以上の瘢痕（外傷ややけどによる傷あと）または長さ三センチメートル以上の線状痕（線状の形をした傷）が要件。

後遺症請求のために、写真を添付する必要がある旨伝えただけの中途半端な相談に終始した。

知人と、こういう席で向き合うのは初めてで少なからず動揺してしまった。

ましてや選りにもよって海津だとは――。

互いに名刺を交換し（名刺には運送会社の代表取締役とあった）、後日、海津の会社を訪ねることを約して場違いな相談を畳んだ。

手配して取り寄せた、フィリピン出生証明書の父の欄には秋本雄二（英文字）と記載されていた。

で、無理やりというかご丁寧にも秋本のミドルネームまで記されてある。

次は、サンタマリアの説得だが、まだ秋本からの連絡が来ない。


相談会から十日も経った頃、海津を訪ねた。

会社は郊外の国道沿いにあった。

大型トレーラーの三十台は保管可能とみえる広大な駐車場スペースに三台が待機していた。他は稼働中だという。

「凄いじゃないか」

言うと、「プレハブの建物は自前だが敷地は借り物さ」

彼のお目付役で、次女だという女性がテーブルに二人分のコーヒー茶碗を置いて立ち去ると「長春から送ってきたよ」お目付役の気配を気にする素振りで、先日の女性の顔写真を差し出した――鮮明に三センチメートルがスケール付きで――。

海津は、中国人研修生を受け入れる監理団体にも間接的に絡んでいて、先日伴って相談会に来た女性は「人文・国際業務」というビザでその通訳や本国との連絡に携わっているという。

「これだけどな」小指を立てて、自嘲するように笑った。


それよりと切り出した。

相談会の折に交換した賢治の名刺の裏面（業務内容）を改めて見直しながら、以前は芸能プロモーター紛いのことにも手を染めていて、フィリピンからの受け入れにも携わっていたという。


「その折の係わりでひとつ頼みたいことがある、いいかな？」

概略（興業査証フィリピン女↓オーバーステイ）を聞いて、賢治は応じた。

この件、別章で。

「あんたには借りがあるからな」

言われて浮かべた彼の表情を見て覚った。昔の温泉旅館でのことを言ったつもりだが。

忘れてやがる――。

話の流れで訊くとはたして吉田を知っていた。
結婚の経緯は伝え聞いてはいるが相手の女に面識はないという。
が、結婚は偽装などではなかったと言いきった。
「少なくとも吉田は本気だったよ、相手の女のことまでは知らないが」
で、吉田は今も本籍であるK県在住。今も温泉場のホテルでバーテンダーをしていてい
るが、とっくの以前にその道の足は洗った筈だという。
「俺の名で役に立つなら、出してくれていい」
と言ってくれた。
サンタマリアには必ず協力させるという意気込みでの見切り発車だった。
――管轄の家庭裁判所支局はK県の温泉町にあったが、在来線を乗り継いでの行程は乗
り換えの待ち時間を併せると四時間にも及んだ。

その甲斐あってか、対応してくれた書記官は大層親切な青年だったので救われた。

遠路からということと、混み入った事件と察してか上司も交えた対応になった。おかげで、普通は数回、当事者が足を運ぶ必要があるところ、一気にＤＮＡ鑑定の手順まで含めて、そのための上申書も事前に用意すれば、一回の来庁で済むよう取り計らうと言ってもらえた。

とはいえ、サンタマリアと吉田の双方同時出頭が前提のものではあった。

数日後、秋本から渋々ながら賢治を伴っての、彼女のアパートでの面会承諾を得られたと連絡が入った――。

福井市内の中心部に近い住宅街のプレハブアパートの二階のいわゆる一ＤＫ。覚悟はしていたが、想った通り不愛想な顔で彼女は待ち受けていた。

心配そうに見守る秋本を尻目に率直に状況を伝えＫ県の家庭裁判所への同行を頼んだ。挑むように返してきた「なんでそんな大仰なことになるのさ」。

「お前の子供のためにやってんだよ！」

ホント怒鳴りつけたい感情が込み上げてきたが、面に出ないよう堪えた。

——かれこれ五回の面会を重ねてようやく説得することができた。二回目には秋本と共に外の喫茶店で待ち合わせ、スッポカされもしたが。

吉田には戸籍附表も取ってあって、住所は知れていたから手紙を出した。海津には、なるべく借りを作りたくない。

K県の家裁に調停申立書を持参する日には、前回訪れた際に、近くにあった立派な観光ホテルに目をつけていたので、そこのロビーでの面会アポが前もって吉田との電話で取れていた。

——大柄で無口そうな男だった。

案の定、エドウインが彼の戸籍に入っていることは不知だった。

怒っているのか、彼の眉根が微妙に動いていた。

やはりというか、海津が言っていたように偽装結婚ではなかったことを話が進むにつれ理解できた。

用意してきた「上申書」への署名などをもらってホテルを後にした。

むろん海津の名を出したりはしなかった。

——彼はありていに言えばサンタマリアに利用されていたのだ、日本での出稼ぎ目的ために。挙句、金さえ持ち逃げされて不明になっていた——。


賢治の事務所へ相談に来た職員の勤務先市役所へ来庁要請があった。

初めて訪れる市役所だった。

庁舎はきょうびとしては珍しいほど、年季の経ったものだ。

市民課の部屋の奥にある会議室といった趣の小部屋に通された。

賢治の事務所に訪れた女性の他に中年の女性職員ともう一人、秋本宅で、何度目かの打ち合わせの際に、友人とのことで色々質してきた中年の男だった。

名乗らなかったので知らなかった。

その日は名刺を差し出してきた。

で、幹部職員だと知る。

なんとなく秋本とは親戚関係か何かしらないが、特別な間柄ではあるな、と感じる。

現状というかこれまでの経緯を説明し、近日中に「親子関係不存在の申立」手続きに入る（入り口は調停だが、出口は審判）ことを伝えた。

想定外の進展に驚きの様子が窺えた。

それで、この後も弁護士なしでやるのですか？

（一抹の不安ありの表情が見え隠れした）――「弁護士が引き受けてくれないから私が奔走しているのでしょうが」と言いたかった。

家裁へ申立書を持参したついでというか、一泊の予定でもあり、宵の口に挨拶がてら吉田の職場であるホテルに向かった。

伝統の祭りのある土地柄か、広いロビーにはかなり大きな山車が展示されあった。バーを覗くと、さいわい客はいなかった。

所在なげにグラスを拭いていた吉田は軽く頷くように迎えてくれた。

――「社長から先生のことは聞いています」

言ってポツリポツリ口を開いた。

何のことはない、海津の経営する派遣会社を通しての職場ということだった。

「俺、両親が早世したもんで施設で育ったんです……親戚をそれこそたらい回しってやつです……後で過ごした施設での生活の方がよほどましでした」

「所詮、日本人との結婚なんて無理だと端から考えちゃいないが、食いっぱぐれて日本にやってきたフィリピン女なら様になるか、底の処で通じ合えるものもあろうか……なんて勝手なことを思ったりしました」

独りごつかのように、独白は続いた。


「始めは、そんな不遜な動機だったが付き合ううちどこか馬が合うというか、会話はろくに成立しなかったがそんなことは何の障壁でもなかった、身振り手振りで通じ合えたから何も問題はなかったし、とにかく独りでの生活が味気なかったが、世間並みに嫁がもらえたというのは人生が変わった思いがしたものです」

吉田の無念さが伝わってきて、目を伏せた。

潮時か。辞去しようと腰を浮かした賢治の目を見据えて言った。

「先生にひとつお願いしておきます」

言って、しばしの沈黙があった。

訝しく感じて
「何を？」

と向けると
「裁判所ではサンタマリアと顔を合わせることになるんですよね？」

「調停の場では訊き取りなどは別々になりますが、ＤＮＡ鑑定の際は間近に控えることになるかも知れないですね」

言ったら、「正直、怖いんですよ、自分が冷静でいられるか」

「私にどうしろと？」

「万が一、自分が取り乱してヤバいことになりそうだったら止めて下さい」

――受任してから、かれこれ一年の月日が流れた。

やっとのことで目処のついた年の二月の寒のさなか、雪は福井に比べて少ないが、早朝の冷え込みは格別だった。


その日は調停期日の朝だった。

ようやくここまで漕ぎ着けたという達成感のようなものを感じていた。

ホテルでの睡眠もぐっすりで気分は爽快だったこともあり、朝刊や朝食を求めてコンビニに向かった。一応雪国育ちの自負もあり、油断があったか。

信号待ちの横断歩道で、薄く堅く凍ったアスファルトに足を取られ、派手に転げていた。ケガはなかったが気恥ずかしさに思わず付近を見渡すと、手前の大通りからこちらに向かってきていたらしき和服姿の女性が一部始終を目撃していたようで、びっくりした仕草で眺めていた。

無事と知れ安心してくれた様子。それでも笑ってはいたな。トホホ。

今日の調停で不測な事態を招かなければいいが……ゲン担ぎは自負するところ、不吉な思いがよぎったものだ。

――調停は、打ち合わせも丁寧に尽くしていたこともあり、粛々と手順通りに進んでいった。

ただ、吉田との約束もあり裁判所の東西の端（申立人側）から端（相手方）にある控室の中間に立って不測の事態に備えてはいた。

ＤＮＡ鑑定の際には横一列に並んでの採取になった。

吉田、雄大、エドウイン、サンタマリア、秋本の順に並ばされていた。杞憂だった。吉田は終始冷静というか、先ほどの件で毒気を抜かれでもしたか、誰より落ち着いて見えた。

実は調停開始時間よりだいぶ前に、我々一行は裁判所に到着していたが後から入ってきた吉田を見るなりサンタマリアは、見ていた賢治や秋本があっけにとられるほどに、今まで見せたことのない弱々しい表情を浮かべた後、激情が走ったかのような態で吉田に駆け寄り取り縋がった。

詫びを入れていることは傍目にも分かった。

唐突な出来事だった。

されるままに、この場の救いを求めるような吉田の視線が、賢治に向いていた。

そこでの一連のことが終わり、吉田は賢治に会釈して帰って行った。

数日後、下駄を履くまで……と懸念していたＤＮＡ鑑定の結果は問題なかった。

——後日、審判の確定正本を持参して管轄法務局へ向かった。

予告もなしに訪れたのに、まるで予約してあったかのような対応——いまだに不思議でならない。

ネギライともとれた「奇跡だと思います」に続けて「あとはこちらの裁判所で親権者の指定申立ですね」とほほ笑んだ。

——何故か裁判所を後にしたときの吉田の後姿を想った。

男気（侠気）

男らしい男——今の御時世、こんな言い方は禁句というか、バイアスのかかった物差しを振りかざす人からはひんしゅくを買うのだろうが——。

賢治が石油元売り会社の油槽所というところで働いていた頃の話——。

（その男一）

精製された石油類を精油所からタンカーで運ばれ、一旦地上タンクに貯蔵し、系列代理店のガソリンスタンドまでを運送会社のタンクローリーで配送する。いわば県内及び隣県で消費する石油を賄う石油基地である。

ガソリンや灯油軽油、あるいはA、B、Cの各重油を積んだタンカーが栈橋に舫《もや》われると、賢治が駆け付け、荷揚げ（本船機関による陸上タンクへの送油）を開始する前作業として各ハッチを開けての検尺（金属性の巻尺で油面を測る）、密度測定（石油の比重と現温度測定）を行う。その後、一等航海士の船室に備えてあるタンクテーブル（換算表）により摂氏一五度時の容量（ネット容量）を求める。

積地における同様な作業により計算された数字（ネット容量）との差が許容範囲以内であれば陸上タンクへの荷役開始となるわけだ。

このような緻密な作業の意図は混載（ガソリンと灯油）してきた場合に各カーゴのバルブの緩みなどによる混油の有無確認が主な理由であるが、まれに不埒な乗組員による窃盗（途中、何処かでの抜き取り）の有無を確認する目的もある。

こうして陸上タンクへの送油が始まると、あとはパイプラインからのピンホールなどによる漏油チェックの巡回パトロールや釣り人の桟橋付近立ち入りを監視する仕事になる。

荷揚げ中の本船側作業責任者は赤ヘルメットを被った一等航海士なので暇な？ 船長とキャビンで雑談に興じることもあった。

大和丸というタンカーの岩上船長はユニークな人だった。

だけでなく、いわゆる親分肌とでもいうか、器の大きな人ではあった。

コーヒーを御馳走になるのはどの船もだが、彼の場合はウインクしながらウイスキーを勧めるので往生した。今の時代では考えられない――破天荒過ぎる人だった。

賢治は下戸だったが彼とはウマがあった。

賢治が現場を上がって転勤してからも年賀状だけの付き合いは続いていた。

行政書士の仕事を始めて何年目だったたか、彼の長男で正夫という人からのハガキで亡くなっていたことを知った。

末尾に後日、相談事があるので電話を入れるとあった。

年賀ハガキには行政書士事務所名で取扱業務には外国人手続も記してあった。それを踏まえての電話が正月も一週間ほど経ってからかかってきた。

正夫さんは金沢でロシア料理店を営んでいるという。

――その店は香林坊の大通りから一本中に入ったところにあった。

賢治はロシアに行ったこともないが、全体的に白っぽい外装の如何にも東欧風を感じさせるものだった。

正夫さんは、数年間東京のロシア料理店で修行した後、縁あって当地金沢に店を構えて三年目の三十八才、バツイチで小学三年生の娘と二人暮らしだった。

船長の妻である母は今も香川県で元気に暮らしているそうな。

正月の里帰りの折り、船長宛の年賀状を目にして、恋人であるロシア人女性との結婚相談を思いついたという。

相手の名はオリガ。金沢のロシアンパブでダンサー（興業査証）として半年働いていたときに知り合ったという。

ロシア人との婚姻もロシア国内、日本国内の何れでも可能であるが、正夫さんは以前からモスクワ、ハバロフスク・ウラジオストック、ウクライナと独り旅の経験もあり恋人がハバロフスク在住とのことで出向いての結婚手続をしたいとのこと。それならということで早速準備にかかった。

在新潟ロシア連邦総領事館はＪＲ新潟駅から徒歩で二十分ぐらいだったか、美川憲一の新潟ブルースに出てくる萬代橋の手前で右折し、人工的に整備されたと思われる中州に聳えている。新潟コンベンションセンターの十二階にあった。

――鞄の中には現地の戸籍登録機関（ザックス）で必要になる正夫さんの「婚姻要件具備証明書（独身証明書）」を携えていた。

これは金沢市役所で戸籍謄本を取り寄せ、金沢の法務局で婚姻要件具備証明書の体裁を整えたものを郵送で外務省認証を受ける。

さらにこのロシア新潟総領事館で翻訳認証を受けるためである。

他にも正夫さんのパスポートコピーやロシアサイドの結婚申請書なども翻訳認証を受けて相手に送ることとなる。

毎度のことながら十二階でエレベーターを降り総領事館に向かうと、突如現れた三名の警察官に進路を塞がれる。

用向きを訊かれ、身分証を書き取られる。およそ五〜十分。

友好条約締結国でないことを思い出させてくれる。

ちなみにその頃は中国領事館前ではもう少し簡略だったが、呼び止められ身分確認はされていた。

——順調に手筈は進んでいたと思いきや、途中頓挫してしまったとの連絡が入った。オリガの母が、親独り子独りの境遇からか心細くなり半狂乱になっているという。

——それから一年半が経過。オリガの母が心筋梗塞で亡くなり、改めての手続きを再開した。

今回は正夫さんの仕事が繁忙期になるということで、オリガを短期査証で入国させた後日本で婚姻手続きをすることになった。

この場合は、オリガが国内用パスポートと海外用パスポートなどを持参し金沢市役所で婚姻手続きに入る前に在新潟ロシア連邦総領事館で婚姻要件具備証明書を発行してもらうことになる。

――実務的な話になるが、短期査証（知人訪問）九十日の期間中に婚姻手続と入国管理局に配偶者としての査証の許可申請をする。

約二ヶ月以内には結果が出るので（基本的には海外にいる配偶者にその許可証を送って現地の日本大使館で査証発給を受ける）短期査証の有効期間内であれば、いったん帰国することなく査証を配偶者査証に変更申請ができる仕組みになっている。

ということで、早速現地の日本領事館にオリガから短期査証の申請をしたところ、数日後に日本の外務省から追加質疑の要請が入った。
それへの回答は以下のとおり。

上申書

一　滞在中の身元管理について

①空港送迎につきましては、公共交通機関ないしは自家用車で新潟空港へ私自身が迎えに行きます。

②滞在中の外出につきましては、家事に関する生活圏での日常の買い物（食料品など）は申請人単独で支障がないと思いますので（日本語の会話能力あり）、いちいち同行はしないつもりです。

但し、観光など、比較的遠出をする際には、私が同行します。

③滞在中の申請人との連絡方法につきましては、少なくとも「日本人の配偶者」としての在留資格が得られるまでは携帯電話の所持を考えておりません。
連絡方法としては、私の住居（電話番号＊＊＊）か私の仕事場（電話番号＊＊＊）であるロシア料理店の何れかに連絡することになります。

二　招聘人が仕事等で不在の際の申請人の行動予定について

基本的に仕事場でも私をサポートしてくれ、家庭でも同一行動をする予定なので、たまに私が独りで職場を留守にする場合には仕事場か住居に所在することになります。近隣のスーパーやコンビニ日常の買い物等で一時的に不在になることはありますが。

三　申請人と招聘人との知人関係を示す手紙、e-mail、一緒に写っている写真提出はできません。

今にして思えば、申請人が日本に在留中や私が昨年ハバロフスクに申請人を訪ねた折に、写真等を撮る機会はいくらでもあった訳ですが、申請人を呼び寄せる際に必要になるという認識知識もありませんでした。

唯一、電話は頻繁にしておりましたので、その記録を在ハバロフスク領事館へ持参させました。

その際に原本を提出してしまったのですが、後の入管手続きの際にも原本を要求されると聞き及びましたので、叶うなら原本は返還していただけると助かります。

なお、手紙やメールの類が無いのは、申請人が半年の日本在留にしては、日本語の会話が上手なのですが、さすがに読み書きとなるとまだまだコミュニケーションがとれないことと、私自身もロシア語を多少話せるにしても書くとなると自信がありませんので、必定そのような手段でのコミュニケーションは取り得なかったのです。

四　申請人と知り合った時期と経緯及び現在の関係

平成＊＊年四月に金沢市内にあったパブ（ロシア人ダンサーがステージショーをする店）に出演していた申請人と、たまたま友人と二人で遊びに行ったことがきっかけで知り合いました。

申請人の出演する店には、週一回くらいの頻度で通い、彼女を意識するようになりました。ウマが合うと云いましょうか、お互いに惹かれあったという実感はありました。

私とロシアの縁は仕事がきっかけでした。平成＊年から三年間ほど、東京のロシア料理の店で修業したことに始まります。

翌平成＊＊年八月には金沢市香林坊で、ロシア料理を主体にした飲食店を開業し、現在に至るまで営業しています。

平成＊＊年七月から八月にかけて一週間ほど友人と二人でモスクワへ観光旅行したのをかわきりに、平成＊＊年の十にはハバロフスクへ一週間の観光独り旅。申請人と知り合った後の平成＊＊年にも七月にウクライナへ一週間の観光独り旅。同年八月にはハバロフスクとウラジオストックに観光独り旅をしました。

勿論、仕事上の探求心もありましたが、知らず知らずにロシアが感覚的に好ましく感じるようになっていたのかも知れません。申請人への好意も案外、その延長線上にあるのかもしれないな、と心の軌跡を辿ることもあります。

申請人と知り合った当時は、平成＊＊年の十月に妻と離婚をした事情から、子供を養育しなければならない現実がありましたから、具体的に申請人との将来は考えるに至りませんでした

結局、申請人は半年後の十月には帰国しました。

申請人が帰国後は、国際電話で交信を取っていました。

彼女は日本語が上手いのでコミュニケーションは全く問題ないのですが、私の方も多少なりともロシア語が上達したようにも感じています。

知り合ってから＊年の月日が流れましたが、現在は娘も小学三年にまで成長しました。私と申請人の結婚に関しては積極的に賛意を示してくれる訳ではありませんが、殊更に反対の意思表示もありません。

昨年の十月にも、重ねてハバロフスクへ申請人を訪ね、彼女の意志確認と将来を約束してきました。

私が営むロシア料理の店もロシア人の伴侶を得てより一層充実したものにしていく所存です。

私は離婚経験があり、子供を持つ身ですから披露宴とか結婚式といった形式的なものは考えておりませんが、二人三脚で明るい家庭を築いてまいりたいと考えています。

以上、拙い説明に終始し、思いの半分も表現出来ないもどかしさがありますが、何卒、心中お汲み取り下さいますよう切にお願い申し上げます。

五　招聘人が過去にロシアを訪問した事実を証するものとして旅券のコピーを同封しました。

六　申請人とのコミュニケーション言語について
私も多少はロシア語の会話が可能ですが、申請人の日本語会話能力が高いので専ら日本語でコミュニケーションをとっています。

七　滞在日程表は同封しました。なお、短期滞在中に「日本人の配偶者」の在留資格に変更申請しますが、万が一、その申請が認められなかった場合には、期限内に一旦申請人を私の責任において帰国させます。

八　招聘に係る滞在費、渡航費用は当然ながら招聘人である私が一切負担します。

九　申請人の過去の本邦渡航歴
①滞在期間　六ヶ月間
②時期　平成四年四月二十一日頃から同年一月二十日頃まで
③渡航目的　興行
④本邦での活動内容　ロシアンパブでダンサーとして活動
⑤身元保証人　ロシアンパブ「カチュウシャ」の経営者と推測

一ヶ月後、オリガは来日。短期査証期限内に九十日内に婚姻、配偶者査証を取得し、現在はお店の繁盛に一役も二役もかっている。


——缶ビールを飲みながら船長を思った。

そしてその縁を思った。

荷役作業を終え桟橋のビットから舫いロープを外す。

「缶ビール一本ぐらい飲めるようになりましたよ！」

離岸する本船の操舵室から日焼けした顔が綻ぶのが見えた――。

（その男二）

自社のパッケージ化された製品やエンジンオイルなどのドラム缶については陸上輸送されて来、一旦倉庫に収納。これらは代理店からの受注がある毎に契約の「日本通運」によって消化されていく。

賢治はプラントマン（外資なのでこういう職名）として、守備範囲は本船（タンカーからの受け入れ作業）だけでなく、倉庫の受け入れ払い出しやタンクローリーの積み込み作業の監視ありの何でも屋。

どれもミスの許されない作業ばかりだが、時折パッケージ物の数量や販売先の代理店名を間違えたエフ（荷札）を張り、日本通運のドライバーに迷惑をかけることがあった。

その人でないときに、そういうミスをやらかすと、決まってその旨の電話が事務所に入る——当たり前だ、善処を仰がなくてはならないのだから。

が、その人の遣り方は違った。

余分だった製品はそのまま持ち帰り、事務所を通さず私にその旨を伝える。ようするに、賢治を庇ってくれるのだ。笑顔は見せない人で、兎に角、寡黙な定年間近のオジサンだった。噂では特攻隊の生き残りでもあるという。

——独特の佇まいというか、存在感のある人だった——名前は江川武志といった。

海が時化たりしての事情で日曜日の荷揚げになることも時々はあった。

江川さんは釣りが趣味らしかった。

桟橋付近での釣りは禁止しているが、賢治は特別な計らいをした。

周りからは見えないところで特等席を設けてあげていたりした。

借りを返している気分だった。

――行政書士を開業して二年目だった。近くにできたホームセンターで江川さんの甥にあたるタンクローリードライバー江川亮と何年ぶりかでヤァヤァとなった。

名刺を渡すとオイルマンからの転身というか、変わり身にびっくりだと言った。

立ち話に花が咲いた。

江川さんは賢治が東京へ転勤になった翌年ガンで亡くなったとのことだった。

相談事があるとのことで後日訪ねてくるという。

――紫陽花が萎れてむさ苦しく朽ちかけてきた日に、奥さんと次男を伴って現れた。心配事は、近くのスーパーでパートをしているという次男のことだった。

話は深刻なもので、空ローンとその名義貸しが絡む面倒なもの。

亮さんの次男は、パート従業員とはいえ両親の家に同居で車も所持していない、にも拘わらず親に金の無心をするので不審に思い糾したところ以前の勤務先の先輩だという男に頼まれ、その男の車を買わされローンを支払い続けている。ローンを組んでいるのはエリモという著名なクレジット会社だった。


総額二六〇万円。車検証の写しを持っていた。

原本はというと車の中だという。


「車は何処に？」

「先輩が使ってます」

意思がとても弱いと感じる。

「そんなのに何故君が毎月ローンを支払うの？　虐められてるとか脅かされているの？」

言っても反応が薄い。

「先輩を信じてますから」としか返してこない。


――後日、その車の使用者は四〇キロほど離れたS市在住で名前も電話番号も分かった。

家の前を覗うと果たして車検証どおりのナンバープレートをつけた白いワンボックス

カーが駐めてあった。

長いリードに繋がれた、よく吠える犬がいて怖かったが玄関でピンポンを押した。

いきなりの訪問に戸惑ってはいたが予測したとおり、ただ者ではなかった――。

――本件当時から時間が経ったので記憶が薄らいだが――確か車検証から売り買いに介在した車屋が判ったのだと思う。

車の所在地の近くの整備工場兼販売店があった。

店主は車使用者の弟だった。

店主は賢治と視線を合わそうとすらしなかった。

筋書きは読めた。首謀者は兄か弟かは知らぬが、兄のワンボックスカーで二六〇万円の金を空ローンを組んで引っ張ったということだ（兄が所有のワンボックスカーを車屋の弟に譲渡、亮さんの次男が更に車屋の弟から買い受けたように一連の架空の売買を装い、提携先のエリモとローンを組ませた）。

で、ひっぱった金の分割払いを亮さんの次男に押しつけている。

わからないのはこいつらとの関係というか、次男の態度だ。

エリモにもその経緯をチクってやった。その場では当方でしかるべく処置をとります、とは言っていた。

が、そういったほど明快なものにはならなかった。


亮さんの次男も「名義貸し」という詐欺罪にあたる行為をしでかしているという誹りは免れない。本人は頼まれて自発的にしたこと、としか言わないのだから。考えたあげくエリモと詐欺師兄弟そして賢治の四者で決着をつけた。


総額の四分の三を詐欺師兄弟が負担する。

但し、今後一切、亮さんの次男には近づかないこと。

江川武志さん、これが度胸なしの、私のいっぱい、いっぱいでした。

許してください――。

（その男三）

油槽所の敷地は広いので、昼休み時にはタンクローリーのドライバーとキャッチボールに興じたりする日常だった。

その仲間に、県内では比較的大きい代理店のドライバー（この代理店は数多くのガソリンスタンドを持っていたので、自前のタンクローリーを所有していた）が、内では珍しく国立大学出の新入社員が出入りするようになるから、よろしくと頼まれた。

その後、一ヶ月ほど経ったある日、そのドライバーの助手席に乗って、二トンの箱車でその新人はやって来た。

新人らしく、丁寧なあいさつで好印象をもったものだ。

が、その後油槽所を訪れることはなかった。

それから二年ほども経っていたか。

その男はスーツ姿で二トン車に乗ってやってきた。

船舶用潤滑油の入ったドラム缶を積み、そのまま納入先の漁連へ運ぶということだった。

フォークリフトで乗せてやると、一緒に漁連まで同行してほしいという。

代理店の仕事にそこまで付き合う必要はない、というか、それはマズイだろうと思ったが、先のキャッチボール仲間のことも頭をよぎり、事務所にも伝えず助手席に乗り漁連でドラム缶を降ろしてやった。


ドラム缶なんか扱いも知らないだろうし、その恰好じゃなぁ。

親切のつもりだった。そいつは、油槽所で私を降ろすと、ありがとうの一言もなく立ち去って行った。


数年後、キャッチボール仲間から耳に入った。

彼は会社の中で異例の出世をしているとか。


男の風上にも置けないやつ。あ、これも禁句というやつか。

この男とはその後縁がない。

が、彼の先輩であるキャチボール仲間にはその後があった。

一級建築士として東京の設計事務所で働いている次女がいた。賃借しているマンションの契約を巡ってのトラブルを抱えているという。

次女とはメールで連絡を取り合った。

その部屋は入居六年が経過していて、迫った四回目の契約更新希望とのこと。事の発端は、貸主の不動産業者が定期建物賃貸借を正確に理解していないために条件面で、いろいろ不都合がでてきたケースだった。

定期建物賃貸借を認められるためには、契約の更新がないことについて、説明書面を交付して、口頭で事前に説明しなければならない（借地借家法三十八条）し、その契約は更新ではなく、例えば二年間なら二年間で終了が基本。継続するならそのたびごとに新たな契約を締結しなければならないという仕組みになっている。

今回は、この書面交付も説明もなされなかったケース、最初の契約時にはその要件を満たしていたのが二回目からは全くその手順が抜けてしまっていた。なので現状は、通常の建物賃貸借状態になってしまっていた。

相手もプロなのであからさまに指摘するのも揚げ足を取るようで、と躊躇しながら（賃借人の思い違いなどミスも有り得るので慎重を期してもいる）のメール遣り取りが以下のとおり——。

「加藤賢治　様

この度はお世話になります。ご返信有難うございました。

先ず、お願いですが、今後の連絡につきましては、後日の証拠としてのメール履歴を残させていただきます。

予めご承知おきくださいませ。

なお、本件につきまして大変恐縮ですが、当社所有のビオラ二〇一号室の＊＊様の賃貸契約の件につきましてはメールによる文書でお送り下さいますよう、何卒、宜しくお願い申し上げる次第です。

（株）都不動産　赤田

赤田　様

賃借人＊＊がお世話になっております。

電話で申し上げました通り、借主の現状は、通常の賃貸借契約が数回自動更新された状態との認識を持っております。

ではありますが、赤田様から賃借人宛のショートメールでのご案内を無視するのは不本意、不誠実であるとの思いから今回連絡させて頂いた次第です。

引き続きお世話になりますので、今後ともよろしくお願い致します。

行政書士　加藤賢治

加藤賢治様

お世話になります。

ご連絡、有難う御座います。

さて、加藤様のご主張なされます、通常の賃貸借契約が数回自動更新されたという加藤様の認識でおられれとのことですが、それならば、その根拠のご説明と詳細資料のご提出を是非とも頂きたいものです。

＊＊様は初回ご入居時の契約書から定期賃貸借である旨へ書類に調印をされておられることは明白な事実です。

また、これまでに自動更新は一度もなされたことがなく、契約ごとに、定期賃貸借契約書のご返送を数回にわたって問題なく頂戴しております。

加藤様は、ご自身に都合良く過去の契約行為の認識を恣意的に変更しておられます。契約更新もなさらずに双方合意の前提を蔑ろにして、貸室を一方的な解釈でご使用なされますことは厳に反省して頂かねばなりません。

再三、再四にわたる、ご案内にも拘らず継続的契約行為の相手である弊社に社会的に誠実な対応をなさらない非礼、無礼は、決して看過できるものではありません。

信頼関係の破壊には十分な内容との印象を、残念ながら現在は強く持っております。

賃借人＊＊様は、入居されてから今日に至るまで、賃料遅延や住民トラブル等もなく、弊社にとっては、安心安全で模範的な賃借人です。したがって斯様に良好な継続契約関係を構築してきただけに今回のトラブルは、とても残念でございます。

加藤様のご主張によりましては、弊社としまして、今後の契約を留保せざるを得なくなります。

再考いただくよう、切にお願い申し上げる次第です。

（株）都不動産　赤田

赤田　様
メールありがとうございました。
>さて、加藤様のご主張なされます、通常の賃貸借契約が数回自動更新された

>という加藤様の認識でおられるとのことですが、それならば、その根拠のご説明>と詳細資料のご提出を是非とも頂きたいものです。

比喩的に申し上げれば、当職が投げたボールを投げ返すべきは、賃貸人である赤田様なのです。

賃借人が失念している文書等も他に在って、赤田様はそれをお持ちかも知れない。で、先ずもって当職の現状認識（根拠条文：借地借家法第三十八条）を電話でお伝えした、ということです。

もっとも、電話での会話で申し上げるのも失礼かと、条文まで申し上げるのは控えましたが、文書での事前説明云々については申し上げた筈です。

赤田様は、お探しになるとという回答でした。

今回のメールでは「あなたの認識は間違っている、当方にはこういうエビデンスがありますよ」

との回答が頂きたかったのです。
そこを開示頂ければ本件、即ジエンドなのです。
不毛なメール交換で徒に時間を費やすこともない。

＞＊＊様は初回ご入居時の契約書から定期賃貸借である旨へ書類に
＞調印をなされておられることは明白な事実です。
＞また、また、これまでに自動更新は一度もなされたことがなく、
揚げ足を取るようですが、自動更新（法定更新）とは、何もされなくても更新即ち延長されるということではないでしょうか？
＞契約ごとに、定期賃貸借契約書のご返送を数回にわたって問題なく
＞頂戴しております。

上述したとおりです。

赤田様がお持ちの上記のうち該当文書を、是非ともメール添付でお願い致します。結果、赤田様のおっしゃる通り、こちらの方に落ち度があれば、率直にお詫びいたします。徒に諍いを仕掛けているのでもなければ、望むものでもありません。くれぐれも誤解なきようお願いする次第です。

行政書士　加藤賢治

加藤賢治　様
加藤様におかれましては、当方のメールに対しまして毎回真摯なるご回答をいただき誠に有難く思っております。
なお、本件の今後の弊社からの主張及び回答につきましては、弁護士の代理人を擁立して進めさせて頂きたく存じます。
そのための弁護士の人選等もあり、次回からの返信につきましては、今しばらくのお時間を頂戴したいと存じます。

加藤様には、今後とも、よろしくお願い申し上げます。
㈱都不動産　赤田

赤田　様

＞そのための弁護士の人選等もあり、次回からの返信につきましては、
＞今しばらくのお時間を頂戴したいと存じます。

了解しました。　　行政書士加藤賢治」

——都不動産は、「建物定期賃貸借」の要件である、二回目の契約から文書での事前説明を契約の度毎に行っていない。

なので、エビデンスである賃借人の署名ある「説明を受けた旨の書面」が提示できない。

その後、赤田氏からの連絡は途絶えたままである。

代理人（弁護士）の引き受けて手がないのだろう。
入居者は今まで通りに賃料を支払い今まで通りの生活を送っている。

漂流

長雨の続く、梅雨の最中である。

三日前に海津一郎から都合を訊かれて応えた当日も雨だった。

梅雨寒というのか、上着の必要な朝だった。


時間前に、事務所に現れたのはS市にあるカトリック系の教会で夫が神父をしているという在日フィリピン人老夫婦と三十代のフィリピン女性の三人連れ。


日本に派遣されてから長いのか、日本語は達者だった。

ちなみに彼のビザは「宗教」奥さんは「家族滞在」。

で、「神父」はカトリック教会の司祭に対する敬称で、「牧師」はプロテスタント教会で、教区・教会の管理や信者の指導をする職のことだと。


また「聖歌」がカトリック系で、「賛美歌」がプロテスタント系だとか。

長い自己紹介の中で教わった。

海津からは「オーバーステイ」のトラブルとしか聞いてなかったが、事情はもっと深刻だった。牧師が説明するのを心配そうな表情で賢治を覗っている顔には必死なものがあった。心の中に涙をいっぱい溜めているような――。

フィリピン人にしては色も白く黙っていたら日本人としか見えない。テレビなどで見かける何とかいうアイドル歌手によく似た風貌だった。

彼女（ジュデイ）には日本で産んだ三歳と四歳の男の子がいるが、二人とも出生届（日本、フィリピン共）は未提出のまま現在に至っている。

ある意味で透明人間だ。

――牧師の説明を途中で制して、直に彼女に訊ねた。

「あなたは五、六年前に日本人夫である黒木信也を捜しに再度来日したそうだけど、ビザはツーリストビザで来たの？」

「前と同じダンサービザです」

彼女は七年前に「興業」ビザでダンサーとして来日していた際に、黒木と知り合い半年後にビザの期限が来て帰国した。

その後、彼女を追うように黒木がフィリピンに渡り現地で結婚した。

日本での結婚生活を約して三ヵ月後に日本に帰国したまま黒木からの音信は途絶えてしまっていた。

再来日後は静岡県のA市内にある大きなパブのような店（海津の知人が絡む店）で歌手として働きながら、黒木の住まいを捜したというが、唯一の手掛かりである「フィリピン結婚証明書」に記載された、東京M市の住所を当っても無駄骨だったという。捜しあぐねているうち、ビザも期限が過ぎ不法滞在の身となった——。

その頃、その店に客として、たびたび訪れていた服部彰（三十三歳）と知り合った。間もなく同棲生活が始まり現在に至っているという。

「服部が二人の男の子の父親なの？」

「そうです」「彼はあなたがオーバーステイだって知っているよね」

「付き合い始めたときに話しました」

「服部と直ぐにも結婚したいけど、フィリピンの婚姻要件具備証明書（独身証明書）が出せないから受け付けてもらえないのです」

彼女の場合は服部と結婚しないと入国管理局に「在留特別許可」を願い出ることすらできない。

それと幼い兄弟が透明人間のままで良い筈がない。

横から牧師は「ダイジョウブデスカ？」

「オネガイシマス」と、何度も繰り返す。

持参してきた手掛かり（フィリピンでの結婚証明書、ジュディの出生証明書、期限切れのパスポートそれに医師の出生証明書の各コピー）を預かり、やれるところまでやりましょうと彼らの背中を見送った。

いつの間にか雨も上がり、蒸し暑さに上着を脱いで窓外を見遣ると、いつも英文の翻訳を依頼している女性の言葉が過った。

「偏見かもと前置きし、かの国の彼女等は困難な物事が解決しても、それは先生の頑張りの結果というより己の信仰心の御利益《ごりやく》だったみたいな受け止め方をする傾向があるのですから気をつけてくださいね」

数日後、結婚証明書に記載された当時の黒木の住所をたよりに、戸籍謄本と附表（現住所を特定するため）を郵送で取り付けることから始めた。

並行して、急ぎ子供たちの身分を確定する作業に取り組む必要がある。

現状では、病気やケガで病院に係るにも実費負担になるなど市民権の埒外に放置状態なのだから。

そして何より、ジュディ自身がオーバーステイという表に出られない身分であること。交通事故や警察の職務尋問、市民からの通報などによって、入管の知るところになればフィリピンへの強制退去となってしまう。服部との結婚が成立していないため、法務大臣に「特別在留許可」を願い出ることもできない（日本人の配偶者というビザの対象外）。

ことは急ぐ――。

――取るべき手段として「嫡出否認の訴」「親子関係不存在調停」があるが、前者は戸籍上の父親から申し立てることになるが一年以内に訴えなければならないという期限はとっくに過ぎているし、何より後者同様、当事者として協力を仰ぐこと自体現実的ではない。

二回目の面会で、ジュデイは服部を同行してきた。

職業は、と訊ねると大手の電機部品メーカー勤務だという。

黒縁のメガネをかけた、小柄で小太りの温和しそうな青年だ。

静岡にある大学を卒業後、A市内にある企業で働いているときに、友人とその店に通っていて彼女と知り合ったそうな。

長男の方はA市役所で胎児認知をしたが、彼女の独身証明書を用意できなくて不受理になった――フィリピンでは黒木と婚姻状態なのだから当然だ。

その際に、職員に事情を伝えると黒木は日本には婚姻報告届が未提出だと分かったという。

「現住所ではなくA市役所でそんな手続をした理由は？」

「A市役所に胎児認知届を提出したのは、ビザが有効だったときに彼女がA市に外国人登録をしてあったことと、オーバーステイの身なので現住所地であるH市では登録できないと思っていたからです」

――事の重大さを分っていなかった。何とかなるさで、やり過ごしてきたのだろうが、子供の成長とともに抜き差しならぬ現実と向き合わされ、悄然と項垂《うなだ》れているさまだ――。目の前の二人に対しても、結局は受任するしかない己自身にも腹がたった。所詮、「小さな器の男なんですから、俺は……」賢治は独り自嘲するしかなかった。

――電話ではチョットな、と気が急いで三日後にはA市役所を訪れていた。

福井から米原までは「特急しらさぎ」米原からは新幹線を乗り継いでA駅へ。サラリーマン時代（単身赴任）には通過駅でしかなかったA駅に降り立つ。

徒歩で向かったが、歩くのが物足りなく感じるほど直ぐに庁舎が目に入ってきた。

「胎児認知の件です、現住地の家庭裁判所に〈認知調停〉を申し立てるつもりですが、その審判書で不受理状態の〈胎児認知届〉を受理してもらえますね？」

A市役所の担当者いわく、

「嫡出否認の訴えや親子関係不存在の審判書でなく、〈認知調停〉の審判書である場合は、胎児認知が受理されないかも知れない。

法務省の通達拡張解釈で受理されるかは疑問です」

「受理できない場合は、生後認知となり国籍取得届手続が必要となります」

〈認知が受理されると、出生時に遡って法律上の親子関係が生じる。なお、婚姻中または離婚後三百日以内に生まれた子供は、婚姻中の夫の子、つまり嫡出子と推定される。仮に他の男性との間に生まれた子供でも、夫が長期の海外出張、受刑、別居等で子の母との性的交渉がなかった場合など、夫の子を妊娠する可能性がないことが客観的に明白な場合には、夫の子であるとの推定を受けないので、そのような場合には、前の夫を相手に「親子関係不存在確認の調停」や、子から実父を相手とする認知調停を申し立てる方法がある〉

A市役所が懸念しているのは、「認知調停」という手続の効果が確定審判レベルにあるといえるほど確立していないのでは、とのことにあるようだ。

現状も裁判所によっては、その受付自体を拒むところもあり、その意味で確立していない面があり効果についても危惧したものだった。

胎児認知届（不受理）は長男のみで、二男については前述の通りなんのアクションもとっていない。

兎に角、前進していくしかない。

——現住地を管轄するH家庭裁判所に、服部を相手方、申立人（二人の子供）の親権者ジュデイの「認知調停・審判」を申し立てた。

DNA鑑定は一ヶ月ほど経過した、二回目の期日に行われた。

申立書が受理され日に前後してM市から黒木の戸籍と附票が届いていた。直ぐに、H市役所でM市本籍の黒木との婚姻報告届（婚姻はフィリピンで成立しているから日本へは報告するだけ）を受理してもらった。

これで黒木の戸籍にはジュデイとの婚姻が記載される。次は離婚だ——。

久しぶりでの上京になった。果たして黒木の家の前には立ったが、郵便受けは溢れ、その容子からは長い不在が窺えた。

離婚はいきなり裁判というわけにはいかない。調停不成立が前提だ。

もし、黒木が裁判所からの送達に回答をよこさないことが二、三回続くと、そこではじめて調停不成立と見做され、改めて離婚訴訟を申し立てる流れになる。

仮に訴訟になっても、変わらず無視したり応答がない場合は不在調査みたいなものを裁判所から求められことになる。

即、欠席裁判とはならない。要するに手間と時間がかかる。

――賢治は、黒木の家の前から見上げるに、今にも降り出しそうな厚い鉛色の雲に圧力を感じ、身体も心も重くなるのを感じないではいられなかった。

そんな気持を引き摺って、電車を乗り換え本降りの雨の中、M市を管轄するM家庭裁判所に向かった。

窓口で対応してくれた女性書記官は親切な人だった。別室に通され、離婚調停に至った経緯の説明をじっくり訊いてくれた。

加えて、期日通知書もコピーを賢治宛に送ってくるとまで言う。

現金なもので、気持も少し和らいで帰途についた――。

――結果としてH家庭裁判所の確定審判が出たのは申立日から五ヶ月後だった。

二日後には、以下の追加書類を揃えて、胎児認知届追完のために、再び新幹線を乗り継いで、A市役所の窓口に出向いた。

一、胎児認知届
二、出生証明書（＊＊医院）
三、服部の戸籍謄本
四、審判書謄本（確定証明書付き）
五、母子手帳

結果オーライ（認知調停審判確定証明書で有効）で長男の認知届は遡って受理となった。一方、二男についても現住地のH市役所に審判書謄本、戸籍謄本、医院の出生証明書、母子手帳、外国人登録証、パスポートなどを持参して出生届、認知届、外国人登録を済ませた。

これで一息つけた。気分的にも――。

――M家庭裁判所から調停期日通知書が届いたのは、初回相談日から約十ヶ月が経過していた。

――杞憂だった。件の女性書記官から黒木が調停に応じ請求を認諾してきたとの連絡を受けた。
調停成立後、H市役所で服部とジュディの婚姻届を提出し受理された。
次は、法務局で二男の国籍取得手続き。
国籍取得届にはミドルネームは、入れない方がよいといわれた。
審判書は不要。戸籍謄本や登録原票記載事項証明書で認知したことが分かるから。
戸籍謄本は服部出生時からのものを提出するようにとのこと。

ようやくゴールが見えてきた。
残すは名古屋入管に、二人が出頭して日本人の配偶者としての「在留特別許可」をお願いすること。

三月も下旬である。固い蕾みも花開く季節がそこまで来ている。

大スターの矜持

坂には三つの坂があるという。上り坂、下り坂、そしてマサカ。

子供のころからのファンでもある、昭和の大スター歌手と、縁あって、直に向かい合うことになろうとは、まさに「マサカ」だった——。

福井では伝統の「越前和紙」が有名だ。「越前和紙の里」は観光地としては今一つではあるが、秋葉山神社の展望台からは瓦屋根の民家が建ち並ぶ美しい和紙の里の景観が一望できる。風光明媚なところでもある。

始まりは知人を介しての紹介で、相続手続だった。

亡くなったのは、以前は越前和紙の紙漉き職人だった七十代男性。

そこは、ひっそりと山に抱かれような集落の中に佇む民家だった。

表札には大久保善吉と表札がかかっていた。仕事場以外の住居は質素なものだった。居間に通された。隣の六畳間には、仏壇の左上の欄間には如何にも職人気質が顔に現れている遺影が掲げてあった。

遺された相続人は、同じく七十六歳の奥さんと、福井市内に家を構え、県庁に勤務する長男。そして大阪で薬品メーカー勤務の二男の三人だと予備知識として聞いていた。

——四十九日の法要に帰省した二男の都合に合わせての遺産分割協議立ち会いだった。相続に関しては何の問題もなかった。

遺産のすべてを、母親が相続することに二人の息子に異論がなかったからだ。

——簡単すぎて拍子抜けするような仕事だった。

十月の日暮れは早い。ヘッドライトを点けての帰路。片道一時間半のハンドルを握りながら、その場で見聞きしたことを反芻した。

長男が「僕が中学二年で弟が小学五年のときでした、学校から帰ってくると、テレビで目にする大藤桜子がこの部屋で、そう、今先生が座っている所に座っていたんですよ」「叔父に連れられて来ていたのですが、二週間ぐらい泊って行きました」

母親の好子さんが「一週間ほどでした」と、すかさず訂正したが、スターとこの家で同じ空気を吸ったことを誇らしげに、懐かしむように当時の思い出を話す、兄の郁夫と弟の哲也の表情は、その頃の子供に還っていた。

「亡くなった主人の、直ぐ下の弟があの人のマネージャーだったものですから」「詳しい経緯については主人からも何も聞かされてなくて、いきなりでした」「訊いたところで何かを話すような主人ではありませんでしたし、でも身を隠しに来たことは、如何な私でも察してはいました」

「ただ、ご近所はもちろん、誰にも知られてはいけないということで大変な気遣いはしました」

——この辺りは隠れ家としては、願ってもない所だと賢治も思った。

国民的歌手の大藤桜子（仮名）が数日に亘って滞在というか、身を潜めていたという出来事は、この家の一種の勲章であり大事件として、家族の記憶に刻まれている。

清純派の印象が強い大藤桜子があるとき、というか、中年の域に達していた頃になって、水着姿で週刊誌のグラビアを飾ったことがあった。偶々行きつけの床屋で、それを眼にしたときの驚きを賢治も覚えている。――金銭トラブル。身近な人の借金の連帯保証人という噂だった。――その頃の出来事だと思う。

――大久保家とは、その後も縁が続いた。

善吉さんの相続手続が終わってから一年も過ぎた頃だったか、好子さんから二男のことで相談事があり、その日は大阪から帰っているので出向いてくれないかとの電話が入った。

行政書士の仕事は、今回のように一旦縁をもつとリピーターになるケースが多い。

相談というのは、三十八歳になる哲也の再婚話だった。

哲也と二人だけで向き合って話すのは初めてだった。

聞けば、法律上は婚姻中だった。

離婚は成立しないまま（協議自体されていない）隣町の実家で、妻が十三歳になる長女を養育しているそうな。

既に別居してから六年が経過していた。「養育費は支払っているのですか？」訊くと全く支払っていないという。


暫くして好子さんがお茶を持って入って来、そのまま腰を下ろした。

「孫は幸恵（母親）さんに連れられて、年に一、二回顔を見せに来てくれるんですよ」

遠くを眺める様な眼差しに光るモノが滲んでいた。

この好子さんは、名のとおり気の好いお婆さんではある。

前回の相続手続のときもそうだったが、世間話や家族関係について明け透けなまでに吐露し、少々警戒心に欠けるところがある（後日、危うく詐欺被害）。

賢治の帰りがけには、いつも大量のかき餅などを押し付けるような人だ。


——離婚交渉など初めての仕事だった。

好子さんから聞く限り、幸恵さんという人は高校卒業後入社した地元の印刷会社一筋に働き続け、今では社長の信任厚く経理責任者にまでなっているほどのしっかり者だそうな。

かたや、依頼者の哲也はといえば、婚姻費用、養育費の責任放棄者。果ては好きな女ができたが、再婚の障害になるから籍を抜いてくれ……か。

始めから腰の引けた(こちらは何のカードも武器もなしの丸腰で戦いを挑むようなもの)オッカナビックリの態で、宣戦布告のプッシュボタンを押した。

殆どヤケクソ。


――日曜日の昼過ぎに幸恵さんが賢治の事務所を訪れた。

仕事ができるキャリアウーマンという先入観もあって身構えていたが、印象は全く違った。確かに賢そうな雰囲気を纏ってはいるが、何というか、強いて自己主張を押し殺しているような佇まいの、もの静かで気品ある女性だった。


――ここに署名すればよいのですか?

彼女は、離婚届に署名捺印することに、何の不満や条件も口にしなかった。

数秒間、自分自身を納得させようとでもするように俯いたまま呟いていた――。

哲也は幸恵さんの父（母は故人）と養子縁組はしてなかったが、事実上の入り婿で同居していた。それも三年と保たず、折り合いが悪くなって哲也が家を出ることになった――。


「ゴメンナサイ、なんだか手が震えちゃって……」

名状しがたい感動の後に罪悪感を覚えた。

「そんなんで良いのですか？」

質したかったが、何か喋ると自分の口が震えそうで賢治は口を強く引き結んだ――。

口から言葉が洩れはしなかったが、代わりに眼から熱いものが伝わり落ちた。

――心ない駆け引きを想定していた己自身が惨めでしかなかった。


芸能界を引退し、榛名山の麓の町に隠居していた善吉さんの次弟、大久保義二郎が亡くなり相続ごとで奥さんが福井に来るので、相談に乗ってほしいと好子さんから電話があったのは哲也の離婚が成立してから半年も過ぎた頃。

義二郎さんと妻恵美さん夫婦に子供はいなかった。義二郎さんは長男の善吉さんを筆頭に男ばかり五人の兄弟がいたが、五男以外は既に他界していた。

義二郎さんが遺言書を遺さなかったため、相続人は甥や姪を併せると七人になる。遺産は、都内の、現在は賃貸に出している賃貸マンション一室と榛名山麓にある以前は別荘だったという現在の自宅。後は銀行預金が数百万円。生命保険金があったがこれは遺産には含まれない。

埼玉県和光市在住の五男在外の相続人は、甥や姪を含めて八人だったが全員が福井県内に在住で、賢治は全員と面会し持分の放棄で了解を得た。

好子さんから五男の電話番号を聞き取っていたので連絡を入れるも留守電話を返してはもらえなかった。難しい人だとは聞いていた。

書き送った手紙にも反応はない。

数日後には東京行きの新幹線の車中の人になった。

最寄り駅からは徒歩で向かったが十五分ほどで五男の家の前にいた。

さして広くはない道路の、角地に小さな平屋建ての古い家。

ピンポンが見当たらないので玄関ドアを叩いてみた。姿を現わした男性は六十六歳にしては老いた印象の小柄な人だった。

玄関先で訪問の意を告げた。終始、話は噛み合わなかった。

被相続人との仲ではなく、過去に長男の善吉さんとの折り合いが悪かったようで、確執が根深いと感じる。好子さんの危惧は当たってしまった。

恵美さんとは法定相続分を支払うことの打ち合わせは出来ていたので、今日中の合意は諦め、帰り際にその金額を申し出て再考を促して退散した。が、賢治は具体的な金額を口にしたときに五男の表情が動いたことは見逃さなかった。

——数日後、恵美さんから預かっていた二六〇万円を鞄に入れ、賢治は再び五男を訪ねた。現金を目の前にした彼は前回とは打って変わって、直ぐに「遺産分割協議証明書」に実印を押印し、印鑑証明書を手渡した。

——その足で電車を乗り継ぎ恵美さんの家に向かった——。

思いがけない邂逅だった。

義二郎さんの葬儀には、仕事の都合で大藤桜子は参列できなかったとかで四十九日の法要に息子（おかしいな？　養子？）だという人の運転する車で駆け付けていた。

恵美さんに案内されて招じ入れられた部屋は、心地よい香りの芳香剤が薄く漂っていた。ジーンズの彼女の膝の上にいた縫いぐるみのような白くて小さな犬が一緒に迎えてくれた。

「お口に合うかどうか」お茶請けに上州名物だとかの焼き饅頭が四個串に刺してある皿がテーブルに載った。

応えて、賢治は「口の方を合わせます」場の雰囲気は一気に和んだ——。


「このたびはお世話になったそうで、私からもお礼を言わせてもらうわ」

テレビで観る印象とは違って、親しみやすい如才ない人だった。賢治が子供のころからのファンで数年前に福井で催されたコンサートにも出掛けたことなどを話すうち、彼女も饒舌になって、

「私は十六歳でデビューして以来、ずっとこの世界（芸能界）でお世話になってきて——この世界しか知らない井の中の蛙なの——でもね、いつのころからか——華やかなスポットライトを浴びているとき、例えば会場のファンの皆様の視線が一本の強いベクトルに

なって還ってくるのを感じるの――私が重ねてきた失敗を世間に疎いからとか言われた。確かに無知だった、私は生来、人を信じやすい性格なのかな。でも過去に拘り続けてもしょうがないじゃない。だからこう思うことにしているの、過去が未来を決めるんじゃなくて、いつでもこれからがこれまでを決めるって言い聞かせているの、自分にね」と言って微笑んだ。

――さすがその道を極めた人の達観だな……、そして、重ねて言いたくなるほど気さくな人柄だと思った。

思えば、彼女の歌声を初めて耳にしたのは小学校の四、五年だったか（平成天皇の成婚を契機にテレビが一般家庭に普及する直前だったから、まだテレビがなくラジオで聞いていた）。歌詞は殆ど理解してもいなかった。

恵美さんの車で駅まで送られ、ホームに佇んで見上げる晩秋の空は、抜けるように青く高かった。

五男への遺産分割代償金は大藤桜子から出ていると、賢治は確信している――。

告発できない殺人事件

予約なしでの、遠くからいきなりの来所だった。

七十代の男性と女性の二人連れ。

――賢治の事務所は住宅兼用で、自然豊かといえば聞こえがいいが、要するに交通の便も悪い所だ。単身赴任のサラリーマン生活を畳み、実家に帰ると直ぐに増築はしたが、特に事務所の区画は設けず、万一来客があれば、離れの座敷へ通す――そんな算段をしていた。

行政書士事務所で果たして来客なんてあるのか……。そういう開業スタートだった――。

相続案件で、事情を抱えたケースでは却って知らない事務所の方がプライバシーの面で安心というか、気遣いもなく気楽だという顧客もいる。

が、本件はそれではなく、ただ電話帳を捲って女性の二女の嫁ぎ先に近いからと、此処、賢治の事務所に決めたという。

何れにせよ、開業間もない時分で、飛び込み客は初体験であった。

櫛の入った白髪を綺麗に、七三に分けた気品のある長身の男性の方が切り出した。

「実は、先日、以前関わりのあった司法書士の事務所を訪ねたのですが、遺産分割協議書の作成や登記は引き受けるが、その前に、相続人全員による合意の成立が必要で、そこは自分でお願いすると、やんわりと断られ「それが困難だから、含めての依頼をしたかったのですが……」

当惑して賢治のところに来た——。


話が核心に入った。——その男性は当事者ではなく、連れの、重たそうな和服を着飾った女性A子さんの相続問題だった。

彼女は亡くなった被相続人B氏（職業大工）の後妻で、夫婦間に二人の息子がいる。なお、B氏には先妻との間にも二人の娘がいるそうな。


A子さんの話ぶりからは、先妻の家庭とは没交渉であることが増幅してか、露骨な敵愾心さえ見え隠れする。

遺された遺産は、相続日の終値が一二〇〇円の株が二百株と預貯金が約三十万円に、B

とA子さんが住んでいた土地家屋の評価額は分からないという。兎に角A子さんは、この自宅を自分が相続したいということだ。

先妻の子に対しては、法定相続分は支払うということで交渉をお願いする――。

賢治は着手金というのは滅多に取らない。

相手のあることで金額的に依頼人の希望のとおりに事が進むとは約束できない旨を伝えて受任した。

手順は定石通り、B氏の戸籍を辿ること、相続人の現住所を確認するための附票取り付け。金融資産の相続日時点での残高証明書の類いの収集、不動産の価格通知書と名寄せ帳写しの取り付けからのスタートだ。

国税庁のホームページで路線価を算出した結果、土地建物を併せた評価額は約八百万円。

――戸籍謄本と附票から、先妻の長女は婿養子を迎え母と同居。二女は横浜へ嫁いでいることが判明。

早速、先ずは、福井市内の長女宛てにB氏の相続云々の手紙を出して、賢治の携帯に連絡をお願いする、いつものやり方。

三日後には携帯が鳴った。平日の夕方ないしは土日であれば、どうぞ、だった。

急ぎ作成した遺産目録を鞄に入れて次の日曜日に、先妻の自宅を訪問した。

ピンポンを押すと玄関ドアのロックが外れる音がした。出迎えてくれたのは長女だ（戸籍で年齢が賢治と同い年と知れた）。客間に通され振る舞われた湯呑の中で茶柱が立っていた——。

資料を渡そうと鞄に手を掛けると
「母も同席してよろしいでしょうか？」

断る理由はない「どうぞ」。

現れた女性は実年齢（七十七歳）より、見かけは少し若い感じだ。

Bが亡くなったことは地元の朝刊F紙の「おくやみ欄」で知っていた。

定年までF地方法務局に勤務していたというので、ある種のイメージ（先入観）を抱いてきたが、世間話を交わしながらも優しく穏やかな人柄が感じられた。長女も同年令ということで若き日の思い出など（共にF市内の高校卒業）、共通する話題にも事欠かない。賢治の緊張も解けて、心地良い雰囲気で場は和んだ。

――横浜市役所に勤務している二女には、近日中に賢治から連絡することを伝えてくれることになった。

結局その日は「遺産目録」を渡して、「A子さんの自宅を相続による見返り（代償分割）として法定相続分の現金給付ということで同意を頂きたい――」話を畳んで「後日改めて伺います」。玄関ドアを閉めて腕時計を見ると一時間余り話し込んでいたことになる。

二、三日して、A子さんの自宅（アパート）を訪ねた。不動産の評価額を伝え、結果、先妻の娘二人に夫々百万円の支払いが必要になる旨、説明のためだ。

家の横の駐車場には、先日賢治の事務所に同行した紳士の車が止めてあった。

今日も和服姿での重装備で正座されると、重たい気圧を感じてしまう。

近いうちに横浜に出向いて、二女と面会する予定である旨も伝えた。伝えてある上限予算二十万円は変わらないのでクレームはない。話し合いをしていて感じるのは、この費用は「紳士」が負担するということのようだ。何も知らなければ、何処から見ても夫婦そのものだ。

――話はBとの結婚生活に及んだ――。

今回相続する住宅は三年ほど前に逃げ出したということだった。ということは、B氏はその家でやもめ暮らしをしていたということだ。

B氏の家庭内暴力が酷く、特に酒が入ると（毎日飲む）耐えられない暴力に身の危険され感じるようになっていた。そういうわけで、事実上の離婚状態。

横浜の二女は横浜市役所勤務ということなので、平日の勤務帰りに近くの中華街辺りでと向けたが、結局、彼女の希望で土曜日の午後、住まいのある東急大倉山駅近辺の喫茶店で会うことになった。横浜へは小松から羽田に飛んだ。

「ごめんなさいね、遠くまで来ていただいて」

椅子から立ち上がり、お辞儀する二女は、姉とは顔立ちも違う小柄な人だった。賢治は応えて「このたびは……」と言いかけたが、つぎの言葉は呑み込んだ」厚いバリアーを感じたからだ。

代わりに持参した「遺産目録」を手渡した。一瞥したが直ぐにテーブルに置いて言った。

「あの人、どんな死に様だったのか、お聞きになっていたら教えてください」

「……自死だったそうです」

続けて「あの人が遺したものなんて、私は要りません」

強い響きがあった。


大きく外れた直球が、バッターボックスに立つ背中を通過したようなものだ……。

賢治の動揺を見透かし、取り乱した自分に気付いたようで「ごめんなさい、八つ当たりでしたね」しおらしく俯いた。——「それなら、私の分は姉にあげてください」

そのときは、二女が引き摺っている傷心（？）が、父母の離婚に関わるもの（自分たちを捨てて家を出た父への怨嗟）とばかり思い込んでいた。

ことは順調に運んでいた――再度、アポを取って先妻宅を訪ねた。

代償金の決済は、賢治が現金で二百万円全額持参することで決着を見た。

――実は、先日A子さんからの電話で二百万円を二男の妻の母親から借り受けるので、件の不動産に抵当権を設定したい、とその手続きも受任していた。もっとも、そのことで二男の妻の母親に打ち合わせに行った際、

「担保だ、何だって、そうでも言わなきゃ面目が立たないだろうからハイハイって聴いてるだけ」

「返してもらおうなんて思ってもいないし、返せもしないでしょに」

まったく余計な金を消費する人だ、と独りごつように言ったものだ。

が、これで二百万円は確保できたと確信した。これを踏まえての訪問だったのだ。

それから十日余りが過ぎた頃、Ａ子さんから心配事があるから来てほしいと連絡が入った。

Ｂ氏が亡くなったのは、自死としか話さなかったが、実はＪＲの特急列車への飛び込みだったのだという。

「ＪＲから損害賠償を請求される恐れがあるなら相続放棄した方が良いでしょうか？　迷ってしまって……」

賢治が小学校の一、二年のころ、担任の先生から「おまえら、線路へ置き石なんかして悪ふざけなんかしちゃいかんからな、お父さんが破産するんだぞ」何の経緯での説教だったかは覚えていないが、その言葉は以来ずっと頭に残っている。なので、Ａ子さんの危惧は分かる。

実例としても、踏切内の線路で立ち往生したトラックの持ち主である運送会社が潰れたとか、いや保険で助かったとかいう話を聞いたような気もする——これぱっかりはＪＲに訊ねてどうなるものでもない……。

そういえば、高校時代の朝の通学電車で死亡事故を目の当たりにしたことがあった。下りのホームで帰省途中だった外国航路の船員が電車の降り際、片足を滑らせ、そのまま身体ごと引き摺られた、と後で知った。直に目撃したのは上りのホームへ向かうべく連絡橋を渡っていたとき、周囲に連られて線路を見下ろすと、片足が一本、線路に落ちていて、担架でもう片方の肢の付いた身体を駅員が運び出している光景だった。当時のことだから、三十分ほどの遅れでダイヤは復旧した。

過失であれ故意のことであれ、鉄道は被害を被っている。

賢治は己がＪＲの役員の立場ならどういう行動を取るか、考えてみた。

殆どのケースでは、損害賠償の提訴をし、勝訴したところで、弁護士費用もでない。かといって何のアクションも起こさないと不作為で会社に損害を与えたとして、株主からお咎めがあり得る。一方で、下手に態度を明確にすると、飛び込み自死を助長することにもなりかねない。

――結局は藪の中のこと、にしておくしかない。

穿った見方かも知れないが……。

数日後、先妻宅で現金二百万円を届け、遺産分割協議証明書は整った。
二女の分は、既に書留で受け取っていた。

例の抵当権設定登記も金銭受け渡しの後になったが、遺産の不動産の相続登記と併せて知り合いの司法書士に依頼して終えた。

ところが、これで一件落着ではなかった。
A子さんには、兵庫県A市在住で、五歳年下の弟（相続人は、娘が一人いるが相続放棄済）がいて、B氏が亡くなる五ヶ月も前に亡くなっていたが、貸金業者からの貸金一二〇万円の督促状だった。

相続放棄は被相続人の死亡を知った時から三ヶ月以内という期間制限がある。むろん例外もあるが。

今回の件は、ざっくり言って督促状を受け取った時から三ヶ月と考えてよい。

A子さんは、相続放棄の申述書を家庭裁判所に受理してもらう必要がある。

申述の理由書を別紙として、文案は賢治が作成した。申述書自体は家庭裁判所のホームページからダウンロードして各相続人に自署してもらった。

揃ったら兵庫県A市の家庭裁判所へ郵送するだけでことは済む。

暫くして、横浜の二女から連絡が入った。

久し振りで次の土曜日に福井に帰ってくるということだった。

——この家へは、指折ると四回目の訪問だ。

相向かいに座った姉妹の容姿はどうでもいいが、やはり似てない。気性も二女の方が強い。

賢治はB氏が自死した経緯を伝え、A子さんがJRからの損害賠償を危惧していることを伝えた。賢治の方針に二人とも異存はなかった。

母が席を外したのを待っていたかのように二女が呟いた。

「あの人、おばあちゃんを殺したんです、私の大好きだったおばあちゃんを」

B氏の先妻である母は一人娘だった。祖父は終戦前の福井空襲の犠牲になって死亡。祖母と母の同居する家にB氏が、実質婿養子（祖母と縁組はしていない）で所帯を持ったが、B氏と祖母の折り合いは酒癖のこともあってか、悪かった。

――その夜、酒に酔ったB氏が帰宅すると鍵がかかっていた。鍵をかけたのは祖母だった。外から大声で開けろと叫び、ドアを叩く音に近所の手前もあったか、母がドアを開けた。玄関を見下ろすように立っていた祖母に、ふらつく足で駈けより、階段の上から突き落とした――。

「私が祖母に買ってもらったランドセルを担いで、小学校に通い出して間もない頃の出来事でした」

長女は無言で俯いて、妹の告白を聞いていたが、

「母は、私たち姉妹を殺人者の娘にするわけにはいかなかったのです」

ポツリと溢れた。

――遠くの何かを見つめる様な視線だった。

ＤＶ離婚——弁護士からの依頼

その女　一

その写真を手に取ると、反射的におぞましいと感じた、が、直ぐには身体のどの部位なのか判らなかった。

え、これは……動揺は気取られたに違いない。

感情の波を掬い取り、手渡した女性弁護士に顔を向けると……頷いていた。

――それは、足の付け根部分だった。女性の局部の半分が内出血しているのか、黒っぽく変色していた。

彼女のクライアント自身が、後の証拠にと、自分で写したものだという。

――法テラスから弁護士そして賢治に巡ってきた事件だった。

アルジェリアといえば、昔の流行歌に、「ここ～は地の果てアルジェリア～」というフレーズがあったが、実際には地の果てではない。

アルジェという首都は北アフリカのパリと言われているとか。

正式にはアルジェリア民主人民共和国。

――彼女の名はハンナアメリという。年は三十三歳、国籍アルジェリア。

瞳は青く、欧米人のような白い肌。黒いヒジャーブ（スカーフ）で頭と首を覆っているが、そこだけでなし、彼女自体がヒジャーブに覆われ、何というか、日の射さない場所に置かれた花のように翳っていた。

時折、目尻から滲み出て光るモノがあった。

何故か、それは鋭利なものが零れるようにも見えた。

彼女は、山下正太郎と本国で結婚し、一年後に夫に連れられて来日し、もうすぐ六年目になる。

保護者のように付き添う、浅田麻友弁護士によると、現在は離婚調停の係属中だが、山下は調停期日を二回とも欠席なので、近く訴訟提起になるという。

ＤＶによる保護命令は、と訊くと刺激して復讐されるのが怖いということと、在留資格が心配でまだ具体的な対応は取っていないとのことだった。

見せられた写真には衝撃を受けたが、顔とかに痣のようなものは見当たらない。

今の住まいは、NPO法人のシェルターで世話になっているとのこと。

「彼女は事情があって、離婚後も日本に残って仕事をしたいの」浅田弁護士は日本人の配偶者ではなくなった後の、在留資格取得を賢治に頼みたいということだ——。

「それって可能かしら」「そういう事情なら、定住者という在留資格に切り替えるしかないね」山下との間に未成年の子がいて彼女が養育しているとか、またはある程度の期間以上の在住経歴があり、日本に生活の基盤が出来ていて自立していけるという状況なら、定住者という在留資格が交付される蓋然性は高い。

「お願いできるかしら」

「今、ザックリ説明した、どちらの要件にも適わないケースだから安請け合いはできないけど、折角、ご指名に預かったことだし引き受けますよ。在留期間も残り少ないことだし、早速取りかかります」

「私の方で何か用意する物はあるかしら？」

「安田先生には、離婚訴訟係属中であることのエビデンスをお願いします」

ハンナアメリの物言いたげな視線を感じたので、

「在留カードとパスポートを見せてもらっていいですか？」

言われてバッグから取りだす拍子に、文庫本がテーブルの上に落ちた。

日本語の勉強にと、宮沢賢治の現代語訳詩集を持ち歩いているそうな。

特に「雨にも負けず風にも負けず」がお気に入りだという。

「深くは理解できないけど……」はにかむような笑みがこぼれた。

書き込みで黒くなった詩集を賢治に手渡した。

宮沢賢治の死後に発表された遺作。

「雨ニモマケズ風ニモマケズ
雪ニモ夏ノ暑サニモマケヌ

丈夫ナカラダヲモチ
慾ハナク
決シテイカラズ
イツモシヅカニワラッテイル――」

条件反射のように、賢治の遠い日の記憶が思い出された。

――小学校の五、六年のときに国語の授業で宮沢賢治の「雨にも負けず……」の感想文を書かされたことがあった。

普段は解っていても挙手などしない温和しい子供だったと思う。

が、そのときだけは違った。

その詩から、自己犠牲の重苦しさを嗅ぎ取り、子供心にも厭だった。

自分には無理だとの嫌悪の読後感が残り、率直に感じたままを書いて提出した。

国語の教師は僧侶でもあった。

あくる日の国語の時間に、その教師は賢治の感想文だけを読み上げた。

たぶん、賢治のそれだけが異質だったのだろう。

――自我を自覚した記念碑としての記憶ではある。


翌日から「日本人の配偶者等」のビザから「定住者」への変更申請のための上申書作りに取り掛かった。


「日本人の配偶者等」のビザは、何も問題がなければ（夫の経済的生活能力などの不安定な要素）二回目か三回目の更新時に三年が許可になる。

彼女の場合は依然として一年毎の更新が続いている。

つまりは、当局の信頼が得られていないことが、在留カードのコピーから読み取れた。

夫の山下は福井県のＥ市にある、電子部品を製造する工場で働いていたが、結婚後三年が経過したころに退職し、現在は交通誘導警備員として働いているということだった。

転職した頃からＤＶが始まり次第にエスカレートしてきたとのことだ。

それにしても度を越しているとしか言いようがない。

浅田弁護士いわく、山下の大便を食べることまで強要するというから、何かが壊れてしまっているとしか思えない。

ハンマアメルは二年ほど前から近くのクリーニング工場で働いていた。そこの社長からも上申書を書いて貰うなど、手は尽くして二週間後には在留資格の変更申請に漕ぎ着けた。

――果たして、二週間も経ったころ当局から連絡が入った。申請した福井の出張所ではなく、名古屋本局の係官がわざわざ出張所へ出向いての面接をするとの知らせ。

以外というか初めての対応だった。当局も捨てたもんじゃない。日本の入管はあれこれと批判もあるが、正直この措置には頭が下がった。

呼び出しのあった日に、彼女を連れて署長室に入ると、待っていたのは名古屋からの女性係官がひとりだった。

――優しい対応の取り調べだった。

ただ、具体的なＤＶについての聞き取りは丁寧だった。

浅田弁護士から間接に聴くのと違って、本人と係官の遣り取りは生々しすぎ、賢治は聴くに堪えなくなり席を外させてもらった。


それから二週間後に当局から「許可」のハガキが賢治の事務所に届いた。

浅田弁護士に電話で伝えると、離婚の方も近いうちに確定見込みとのことだった。


新しい定住者の在留カードを、福井駅構内の喫茶店でハンナアメリと待ち合わせ渡した。

ちなみに「定住者」の在留カードがあればどんな仕事にも就けるのだ。

喫茶店を出て、暫く行って振り返ると雑踏の中で彼女は賢治を見送っていた。彼が手を上げると、小さな背を伸ばすようにして彼女も手をふり返した。

――その表情には間違いなく陽が射して見えた。

「雨にも負けず風にも負けず――がんばれよ……」呟いていた。

その女　二

——ここは渋谷のM国大使館。

連れのM国人女性は、名をオドンチメグ（通称名ユリ）という。

受付を済ませ、そこから続きになっている待合場で順番待ちをしていた。

周りでは、テレビで見かける大相撲の力士が三人、中のひとりは引退した朝青竜そっくりさんだ。

彼らはカラフルな羽織着物姿で手持ち無沙汰たげに、賢治たちに視線を送ってきた。

そうではない。相撲好きの賢治がやたらチラチラ視線を送るから、応えてくれているだけかも知れないと思った。


突然、受付窓口が騒がしくなった——。

係官に若い男がどなり散らしているようだ。

ユリに訊くと、不親切な対応に切れたようで「ここは一体、何処の国の大使館なんだ！M国人のためにあるのじゃないのか！」と叫んでいるらしい。

そういえば、自分たちのときも窓口の対応は無愛想だったな……。

ユリと賢治は日本での協議離婚が成立したので、今度はＭ国での、その手続きのために大使館を訪れていた。

――ユリは、知り合いの弁護士から「頼めないかな」とバトンタッチした日本人夫とＤＶが原因で別居中の二十九歳の女性だ。

彼女はなかなかの才媛だ。Ｍ国の体育大学出身。現在はＦ市で、ヨガやベリーダンスのインストラクター、そして芸能活動ではテレビ出演と、エネルギッシュに活動していた。

仕事柄か均整のとれた身体で、とび切りの美人でもある。

夫とは、彼女が学生最後の記念にと、アジア旅行中での最終目的地、日本に立ち寄った際に知り合い、それから二年後に望まれて結婚に至ったという。

夫、石川涼太の職業は歯科医だった。

彼女は二年ほど前に家を出、仕事場のあるF市で別居生活を送っている。格闘技の有段者だという夫と諍いになると投げ飛ばされたり、暴言の絶えない生活に、馴染むにつれ好きになった日本での生活に未練があり、残り三ヵ月足らずで訪れる在留資格更新期日（日本人の配偶者等）を気にしながらの日常だった。

夫の協力が望めないことや別居状態というのは、在留資格更新が困難になる。かといって、離婚が成立していない以上、「定住者」のビザを選択する余地はない。更新期限が迫っていることから、賢治は急ぎ「日本人の配偶者等」の更新の準備に取りかかった。

当局へは正直に現状を上申書で丁寧に説明することにした。

「母は国に帰って来なさいっていつも言ってくるの。M国に帰って結婚し、孫の顔を見せておくれと。でも、日本での仕事は毎日が充実していて、もう少し頑張りたいんです」

――申請から三週間も経った頃、賢治の事務所に許可のハガキが届いた。

新しい在留カードを手渡すと、ひと安心したのかユリの表情は、白い歯もくっきりとほころんだ。

ほとんど日本語の読み書きは不自由しないレベルにある。

彼女も大好きだという大相撲の話題に触れ、連れてＭ国に話が及ぶと、

「Ｍ国の夜は日本で云うと、白夜っていうんですか、完全な日没はないのですよ、うっすらと明るいまま」

――遠い故国を懐かしむ表情は遠くを見ていた。


夫である石川涼太との離婚についても、是非にも賢治に頼りたいという。

できれば協議離婚で済ませたい。

ユリには涼太に応じさせるために、手持ちカードが切れるという。

結婚後四年目に新築したマイホームは夫婦の共有名義になっているのだと。

外国人が住宅ローンを組むには「永住者」の在留資格を持っていることが金融機関の融資条件になる。

で、それはおかしいと言うと、バッグの中から登記簿の写しを取りだして見せた。

目を疑ったが、間違いなく通称名の石川ユリ名義で二分の一の共有持分で登記され、乙区欄には融資先の金融機関の抵当権イも付いていた。

要するに、マイホームの住宅ローンのユリがこれまで支払ってきた分については放棄して共有持分全部を涼太にして構わない。

むろん、金融機関の承認は必要になるが、現在の涼太の収入なら合意が見込めるとのこと。

ついては、その手続きも賢治に一任したいと懇願された――。

――数日が経過、事前に涼太に電話で用向きを伝えた賢治は、その歯科医院併設の自宅を訪ねた。

石川歯科医院は福井市内を南北に延びる旧八号線沿いから二本目の道路に面した住宅街に在った。

一階が歯科医院で二階が住宅のようだ。

休日ということでか、トレーニングウエアを着込んだ涼太はなるほど格闘技有段者らしく厳つい体つきの三十代男性だった。

職業柄か性格かは定かでないが、意外に物腰の柔らかい印象だ。

案の定、離婚届には拍子抜けするほど簡単に署名押印が取れた。

金融機関の住宅ローン残債や持分移転交渉についてはユリ同様、賢治に一任したい。そのための資料は用意するのでと。

人は見かけで判断できないとはいうが、ユリのいう暴力夫のイメージはどうしても湧かない。

ユリがローンを組めた経緯を訊くと、それについては兄が連帯保証人を引き受けたことでクリアできたという。

――言われても謎ではある。

結局、件の金融機関には四回ほど足を運んで無事解決を見た。

ユリのローンの件、担当者に訊ねると自分は担当者ではなかったので経緯はわからないと煙に巻かれた。

——市役所での離婚届も無事終わり三ヵ月も経過した頃、当局へ在留資格の「定住者」への変更を申請した。身元保証人には賢治の長男を充てた。

——賢治がユリに同行してM国大使館を訪れたのは「定住者」のビザが発給されて一年後のことであった。

ユリは帰国するという。

その後も続いていた母の懇願で、半年前に一時帰国したことで心境の変化があったようだ。

帰国に際して、事前に大使館でM国での離婚手続きもきちんとしておきたい。

——ということで、賢治は涼太からの委任状を携えて同行したのだった。

いつか日本に来ることがあったら連絡するよう伝えて別れたが、その後連絡はない。

税務署と税理士が見えなかった相続人

「社長、この遺産分割協議書は……!?」

会社の顧問でもある税理士事務所が、相続税申告用に作ったもので、既にその申告も受理され納税済みだという——。

賢治が開業二年目に入った春先に、先代社長が亡くなり長男である山下獏が専務から社長に昇格した。

相続に関わる雑事にも目途がつき、残すは不動産の名義変更ということで、名指しを受けての訪問だった。

賢治が会社を辞して行政書士を開業したことを知り、まだ仕事も少なかろうとの気遣いだったと思う。

——賢治が二十代の頃、姉の嫁ぎ先での夫の祖母の葬儀に、父に代わって参列していた。

葬儀が終わっての納骨の儀は、近しい村人や親戚縁者が三台の車を連ねて、その日のうちに、車で小一時間の山裾にある寺で執り行われた。

足の痺れに閉口しながら聞き耳を立てると、賢治と同乗してきた車の四人は、それが彼らの慣例らしく帰路途中の蕎麦屋に立ち寄り一杯引っ掛けて帰る話が纏まりだした。

賢治は自分の車で来なかったことを後悔した。

年も離れていて、話の中に入っていけない疎外感を覚える……身の置き所がない……困ったな……。


と、「お前ら、今日はまっすぐ帰るぞ！　寄り道はするな！」

大声というより怒声だ。

大柄で熊を連想させる風貌の、声の主は、博労（馬喰）から身を起こしたという初老の男。

彼が、姉の嫁ぎ先の親戚筋で、株式会社山下組という土木建築を請負う会社の社長、山下松蔵だということは知っていた。

姉の結婚式の媒酌人でもあったから。

――怒鳴った後で賢治に一瞥をくれた。気色を読み取られていたのだ。

ありがたい気遣いだった。心の内で合掌したものだ。

――遺産分割協議書の原本はあるが、戸籍謄本などは税理士事務所から返してもらってはいないというので、改めて賢治が収集した松蔵の生後からの戸籍には認知した非嫡出子がいる。賢治も噂に隠し子の存在を聞いていたが真実だった。

今回は、これを踏まえての社長室再度の訪問だった。

賢治が「昇さんのこと、ご存じですよね」

訊くと「まぁな……」

税理士が税務署へ提出した相続人は、松蔵の妻と長男そして長女の三人だ。

結果、三人の遺産分割協議により相続税は、既に約一五〇〇万円納税済み。

相続人がひとり少ないのだから、基礎控除分だけ余分に納税したことになる。

税務署からすれば沢山納税してもらえるから素知らぬ顔をしたのか？　それとも税理士のハンコがあるから戸籍謄本を診る眼が滑って行ったのか？　勘繰りたいところではある。

何れにせよ、こんな遺産分割協議書は無効だが、見なかったことにする――。

不動産の登記用には非嫡出子である山下昇を加えた、別の協議書を作ればいい。

――獏社長は、松蔵のお妾さんの住居も知っていた。

ある日の夜、賢治は手土産片手にその多恵子宅のインターホンを押した。

収集した戸籍で七十八歳と知れている彼女は小柄で線の細い印象のお婆さんだった。

問わず語りに、昇が大学を卒業するまで学費や生活費はきっちり面倒を見てきた松蔵に感謝の念を抱いていることが伝わってきた。

終始笑顔を絶やさない対応に本件成就を予感した。

予め、賢治が横浜在住の昇を訪ねることも快く引き受けてもらえたのだ。

東海道新幹線を新横浜駅で降り、横浜線に乗り換え菊名駅へ、今度は東急東横線で一駅の大倉山で降りた。

欧風を模しているような、白っぽい建物が居並ぶ商店街の一角に面会場所である喫茶店があった。

昇は奥さん連れで先に来ていた。

名刺を交換する——東都建設株式会社の営業部次長の肩書が入っていた。

容貌はずんぐり体格で小柄だが、松蔵の面影を宿している。

年齢は戸籍で分かっている。賢治のひとつ下だ。


「事情は母から聞いています。遺産は一切頂くつもりはありません」

言った後、奥さんを一度振り返り、付け加えた。

「ひとつだけ、お願いがあるが聞き入れていただけるでしょうか？」

一瞬賢治が身構えるように身を乗り出すと「先生に親父の墓に案内をお願いしたいのですが……」

彼は松蔵の家や会社も見たことがないのだという。

「ご希望に添えると思いますが、一応、獏氏の了解だけ取らせてください」

「署名捺印いただく、遺産分割協議書は不動産全部を獏氏が相続するとなっていますが……」

税理士作成の遺産分割協議書で金融資産や会社の株式についての事情は、後々問題になると困るので、それについても説明して納得を得た。

S市では名の知れた山下組先代のプライバシーを、地元の司法書士に、彼らに守秘義務があるにしろ晒したくはなかった。

「なら、相続登記は俺がやるしかない！」


スポーツでもそうだが、夢中になって繰り返しているうちに会得したと感じるターニングポイントがくる——。

戸籍の読み方から始まっての相続手続きも例外ではなかった。

近畿大学で法学士の称号は得ていたが、所詮、相続登記の実務で通用するはずもない——その手の本を一冊熟読した。

補正は避けたい一心で頑張った結果、登記は通った。

それから数ヶ月が経過したある曇天の下、その墓地に、案内の賢治の他に二人の男女が花を手向ける姿があった。

その帰り、賢治は、ふと思い至った……。

——あのとき（姉の嫁ぎ先の葬儀）の松蔵が、賢治を見た目には昇の姿を重ねていたのかも知れないなぁ。

刑事の鏡

――「私と娘の母親はインターネットを通じて知り合いました。きっかけは、会社の先輩の奥さんの紹介でした。インターネットで画面越しのデートをしてきました」

「その奥さんを通訳にしてですが」

「その後、何度かタイに遊びに行く内に彼女は妊娠してしまいました。妊娠に関して、私は結婚すれば良いと思い何の抵抗もありませんでした。そのとき、彼女が結婚していることは全く知りませんでした」

「私と知り合った頃、旦那と別居しておりました。問題は、彼女の夫が離婚を拒否していることです」――。


依頼人は日系三世三十五歳のブラジル人男。彼は奥さんや娘を連れずひとりでやってきた。容姿は小柄で、日本人にしか見えないが、しゃべると多少、日本語にぎこちなさが残る。なので、上述は意訳だ。

二ヶ月前に一歳の娘と奥さんをタイに迎えに行き、娘には日本大使館で三ヵ月のビザの発給を受けたそうな。

その際、在タイ日本大使館から三ヵ月の滞在期間中に「定住者」のビザに変更してもらえば、親子三人でそのまま日本で暮らせるからとアドバイスを受けたらしい。が、「定住者」へのビザ変更は不許可になってしまった——。

それで、賢治の噂を知人から聞いて訪ねてきたという。

——状況が今ひとつ判然としないが、ことは急ぐ。

残された時間は少ない。

賢治は、急ぎ、娘アカリの短期滞在期間の延長手続きをとった。

以下、入管当局への上申書。

愛娘を手元に置いて同居養育したいという思いから、延長対象者の実父はタイに渡航し、その念願叶って九十日という期間ながらビザの発給を受けることができ、現在は、いわゆる親子水入らずの生活を送っています。

ただ残念なことに、当初在タイ日本大使館でアドバイスされた、九十日の短期滞在中から「定住者」への変更申請は不許可になってしまいました（申請番号　名福　第一二三四号）。

不許可の理由は、父子関係の証明が不十分である、ということだろうと思います。例えば、延長対象者の実父は、過去のタイ渡航を証明する資料となる、あるいは傍証となる更新前の旅券を紛失するなど、手続に関する知識、認識不足がありました。

この点につきまして、改めて立証の機会を与えて頂きたいのです。

具体的には、延長対象者の実父がタイに渡航して、在タイのブラジル大使館にて、延長対象者の認知手続を済ませて、その証明書を入手してまいります。

更に、日本に在留しながら、父子のＤＮＡ鑑定を行い、その証明書を提出させて頂きます。

以上、二つの証明書を用意する、そのための時間を頂きたいのです。

この点、御高配賜りまして、短期滞在を延長して頂き認定証明書申請の際の添付資料とさせて頂きたいのです。

原則は、今回の短期滞在期限までに出国し、改めて「定住者」の在留資格認定証明書を申請しなさい、であろうかと思います。

ただ、延長対象者は未だ二歳に届かない幼児であります。漸く定着した日々の或いは生活環境の激変を思うとき、その精神的負担は計り知れないものがあります。一番大切な成長時期に慣れ親しんだ実父との九十日を切り取ってしまうは残酷です。

余談ながら、当職にも延長対象者と同じ年の孫がおります。

大人が考える以上に大切な時期であることは日々実感する処であります。

大人の世界の論理で、原則通り手続をスタートに戻して、初めからやり直せというのは物言えぬ幼児にとっては、大人の世界の理屈に過ぎません。

子供に関する施策において、「子供の最善の利益」が守られことと謳う、子どもの権利条約（児童に関する条約）第三条に鑑みましても、審査担当者におかれましては、御高配賜りたく伏してお願い申し上げます。

以上、拙い上申書ではございますが、是非とも延長対象者の現状を御理解いただき、滞在期間延長の許可を重ねてお願い申し上げる次第です。

なお、延長の許可が頂けましたら、上記しましたとおり、直ぐに「父子である証明書」を揃えるべくアクションを取り、「定住者」の在留資格認定証明書の申請をさせて頂く所存でございます。

不尽

——窓口で申請書を提出すると、暫く待たされた後、署長室に案内された。

「先生、この父親ですが、その当時、タイに行った渡航記録がないのですよ」

言われて賢治は、返す言葉もない「やられた……何がインターネットデートだ！」

――更新前のパスポートを喪くしたと言われたときに、疑うべきだった。

通訳を介してクルスの事情を聴き取り、書き出してもらった。

（――夫は、結婚したときからギャンブル依存で、あちこちのサラ金などで借金し、数日家を空けることも度々。

ギャンブルに負けて帰ってくると暴れた。子供と食べている食卓をひっくり返したり、扇風機、テレビ、炬燵などを叩いて壊した。それでも子供のためにと我慢してきた。

破産したときは、五千万円の借金があった。

暴力団員と付き合い始め、挙句、警察に傷害と覚せい剤で逮捕された。

それでも子供のためと、一生懸命、知人にお願いして刑務所から出した。

変わってくれると思っていたが、出てきたらもっと酷くなっていた。

夫が刑務所から帰ってからは、別々の部屋で寝ていたが、次のようなことがあって家を出ることになった。

「いつから仕事してくれる？」この言葉で夫は切れた。
私の部屋にガソリンを撒き、鍵を掛けられた。
暫く経って、子供が鍵を開けてくれた。
別居してからは、昼も夜も働いてお金を貯め、そしてタイに帰国した。
子供は大きくなっていたし、義母もいる。
タイに連れ帰っても教育や仕事の面で困るので。
タイから、夫に電話で三回、離婚してくれと頼んだが、絶対ダメと言われた。
二年近くタイで過ごした後、日本に再入国した。
その後、日系ブラジル人の彼と出会い、同棲。彼との間の子をタイに帰国して出産。）

数日後、父親の反省文を追加提出。
賢治の恥の代償として、九十日の延長は許可された。

次は家庭裁判所だ――。

申立ての趣旨

申立人が相手方の子であることを認知するとの調停・審判を求めます。

申立ての実情

（申立ての理由）

一、申立人（子）の母は日本語習得のために一九八七年に来日、その後、戸籍上の夫と一九八八年一月十三に日本国で婚姻し子供もひとりもうけました。

二、戸籍上の夫は結婚当時、個人で建物の解体業を営んでおりましたが、その後経営が不振になり生活が乱れてきました。

生活費にも困窮する事態になったので、申立人の母はH市内のスナックで働くようになりました。

そういうこともあってか、家庭内でも不機嫌になると、些細なことでも自制が効かなくなると物を投げつけたり、いた堪れなくなるような罵詈雑言を吐くなどの行為が目立つようになりました。

ついには傷害と薬物関係の事件を起こして逮捕され、六ヵ月ほど服役するに至りました。

三、心安らぐことのない日常の恐怖から逃れるために、申立人の母は四年ほど前に家を出てタイに帰国しました。
一年数ヶ月をタイで過ごしましたが、子どもに会いたい一心で再入国しました。子どもには会いましたが、恐怖心から戸籍上の夫との生活は考えられない状態でしたので夫には気付かれないようにしました。

四、生活のために、以前働いていたスナックで働くようになり、そこで以前からのお客さんである相手方と再会し交際するようになりました。
以後、相手方の居住地であるE市で内縁生活を営むうち申立人（子）を妊娠するに至りました。

五、戸籍上の夫との婚姻中に申立人（子）が出生すると、その嫡出子として入籍されてしまうためタイに帰国して二〇〇八年十月一日に申立人（子）を出産しました。出生届は相手方を父としてタイ国に提出しました。

六、二〇一〇年四月十六日に申立人（子）は、タイまで迎えにきた相手方、そして申立人の母の両親に連れられて、短期滞在のビザで日本国に入国しました。在タイ日本大使館から頂いたアドバイスのとおり、短期滞在期間中に「永住者の未成年で未婚の実子」としての在留資格に変更申請をしましたが、不許可となりました。

七、理由は相手方が、過去にタイに渡航した記録がないのに、タイ在住の女性との間で申立人（子）を妊娠させることは不可能というものです。

八、日本で出生すると戸籍上の夫の嫡出子となってしまうために取った苦肉の策が仇となって還ってきてしまいました。

九、上記のとおり、戸籍上の夫から逃れるように家を出てから四年の歳月が流れました。従ってその後両者間には性的関係はありません。

十、「親子関係不存在の調停」を申し立てれば、現在の私の住所や現状が戸籍上の夫に知れてしまいます。とても協力してくれることなど考えられませんし、身の危険さえ感じるのです。

十一、認知調停の結果、相手方が父であるとの審判が確定した暁には、これを有力な資料として入国管理局に対して再度、「永住者の未成年で未婚の実子」として認定して頂くよう申請しなければなりません。これが再び不許可になってしまいますと、満二歳に満たない幼子の申立人（子）は両親のいないタイでどうやって生きていけと云うのでしょうか。

十二、よって、申立人（子）は相手方との間の子であり、戸籍上の夫との間に親子関係はありませんので、認知の審判をお願い致したく、この申立てをします。

相手方及び申立人（子）の母の在留資格は共に「永住者」です。

——定住者へのビザ切り替え申請は急ぐ。

申し立てはしたものの、裁判所の審判結果を待ってはいられない。

なので、ＪＲ福井駅に隣接のアオッサで部屋を借り、家庭裁判所御用達のＤＮＡ鑑定業者に出張を依頼した。

結果、親子三人の関係は証明された。

その鑑定書を添付書類に加えての二度目（初回は本人申請で失敗）の申請は、功を奏して「在留資格認定証明書」が交付された。

短期滞在ビザの期間がまだ三週間ほど残っていたので、定住者ビザは、変更申請書に在留資格認定証明書のみ添付で発給された。

これでアカリは父母のもとで、日本での生活が約束されたことになる。

——次はアカリの母親の離婚と父との再婚手続きだ。

兎に角、見つかったら酷い目にあわされると、そればかりを口にして怯えるが、放っておいても埒は明かない。

気が進まないが、クルスから聞いた住所を訪ねてみた――。

インターフォンを押すと出てきたのは彼の母親だった。留守だという。

感じるものがあって、職名も言わず名刺も出さなかった。

離婚の話だと、要件だけを簡単に伝え、携帯番号をメモ用紙に記して手渡した。

果たして、その夜、携帯のバッテリーが切れるほどの着信履歴（当時の携帯はそういう仕組み）が二十時から朝の四時にかけて十分おきにあった。

恐るべき執念を感じた――賢治をクルスの相手だと誤解している――。


いつもは枕元に置いて寝るが、たまたま居間に置き忘れて幸いだった。

とてもじゃないが、協議離婚は無理。

仕方なく賢治の知る、H市内では人権派で鳴らすS弁護士に裁判離婚を一任した。

経緯は忘れたが、A市役所で楠本の戸籍謄本か何かを取りにでも行ったのか、事前に楠本とそこで面会の約束を取り付けたようだ。

S弁護士は騙されたのである。

そこで強引にひったくられた文書の中に賢治の事務所の電話番号があった。

翌日、楠本の友人と称する男から嫌がらせの電話が事務所に入った。

賢治が、タイ女性と浮気していると、かけた相手が賢治の補助者とも知らずの夕レこみだ。

——行政書士　加藤賢治　先生
先日、第一回弁論がありました。
被告は、別紙のとおり全面的に否定しました。
現在「これをみろ！」という証拠が無いので、やっかいです。以下のように、ひとつひとつ丹念に聞いて証拠があるかどうか確認していく他はないと思います。
一、武富士、プロミス、アップルなどへの振込書や督促状がないでしょうか。
二、結婚してから暴力団に入っていたという情報はないでしょうか。
三、彼女や子供が暴力を受けて病院で診察を受けたことがないでしょうか。
四、夫が投げつけて壊した家具製品の写真がないでしょうか。
なお、答弁書は驚くほどの紙数を費やしたものでした。

異常なものを感じています。弁護士Sも手こずっているようだ——。

少し前になるが、クルスが自分たちの居場所が分かると、家族全員に危害が及ぶ可能性が高いと恐れるので、賢治は楠本の住所地を管轄する警察署の刑事生活安全課を訪ね、「住民基本台帳事務における支援措置申出書」を願い出た。

いわゆるDV支援措置申出。

この申出書はクルスの住所地の市長あてに被害者保護の実施を求めてのものだ。

T刑事は親切な警部（事件現場に赴くのは警部補まで）だった。柔道ではなく剣道派と見えるスマートな体躯の精悍な面構えをした、年の頃四十代前半か。なによりテキパキと仕事が早かった。

この当時は警察には縁がなかったが、好まずに場数を踏んだ今、振り返ってみても、彼のような折り目正しく、かつ親切な警官にはお目にかかれない。

直ぐに対応したのは、それなりに楠本の情報を知悉していたのだろう。

この日を境にトラブルはなくなった。

——二ヶ月も経った頃だったか、十四階の入管へ向かう福井合同庁舎のエレベーターで、九階の検察庁へ用事があったのか、その刑事と乗り合わせた。

「その後、どうですか……」気遣ってくれた。

「お陰さまで、その後、トラブルはないです」

こんな刑事ばっかりだったらな……ホッコリした。

元中学校長（住職）と老女——真昼の決闘

志乃さんという八十二歳の老女との縁は、間違い電話に始まる、思いがけないものだった。

梅雨入り宣言があった、翌日の朝だった。

「もしもし、魚八さんですか？」

「いえ、こちら加藤行政書士事務所です」

「……」

「相続とかのお手伝いをする代書屋です……」

「仕出屋の魚八さんは、局番が八十二ではなく八十一です。よく間違えられます」

これで終わったと思いきや、「相続ですか……うちまだ済んでない」

仕出屋兼魚屋の件は、話の途中で、どこかへ行方不明になり、思いがけない展開になった――。

三日後だったか、志乃さんの家の応接間に上がり込んでいた。

「半年前に亡くなった主人は婿養子だったの」

「だから相続といっても十年ほど前に買った近所の畑だけなのよ」

家は築後十数年というが、大阪在住の長男が建てたものだった。

長女も隣の市に嫁いでいて、志乃さんは独り暮らしだ。

「その畑は長男の名義にして頂戴な」

出された茶を飲み終えると、老眼鏡片手に、一枚の住宅地図を賢治の前に差し置いた。

「この畑だけど、道を挟んで向かい合うお寺にね、売りたいの」「で、ここの田圃（志乃さんの田圃の隣）は、お寺の住職個人のものなの」

要するに、その畑と田を交換したいということだった。

「お寺さんは承知しているのですか？」

「向こうも、この畑は欲しい筈よ」――。

帰りがけ現地を確認した。

龍宣寺には駐車場らしきものが見当たらない。

――なるほど纏まる話かもしれない。

志乃さんの畑は、元々は生まれ育った住居跡だった。

登記簿上は約三百平方メートルの宅地だが、現況は一部野菜を作っている形跡が見えるが課税上も宅地評価になっている。

寄る年波から畑仕事もキツイし、獲れた野菜も独り暮らしでは食べきれないという。

雑草の始末だって、たいへんに違いない。

片や龍宣寺からみれば、その間口の広い土地は駐車場に打ってつけの筈。

「ご住職は幾つぐらいの方ですか？」

「私と同い年なのよお……」

お向かい同士の同級生なのに、どうして今日まで、その話が出なかったのか不思議なくらいだ……。

何故か、そのあとを濁したのが気にはなった。


一週間後、参道を進んで本堂脇にある住居に住職を訪ねた。

終始笑顔が絶えない人だった。

穏やかな表情が、そのまま張り付いているのでは、と思った。

「――そのお話お受けしましょう」

思った通りだ。


手続きとして、住職の田圃の売却については、農業委員会の許可が要る。

志乃さんは五〇〇〇平方メートル以上の田んぼを所有しているので、買い受け人としての条件は備えている。まず問題はない。

一方、龍宣寺は宗教法人としての宅地購入なので、色々と手順を踏むことになる――門信徒や一般参詣者のための専用駐車場として使用かつ、駐車料などの対価を徴収しないということであれば、固定資産税や登録免許税が課税されないからだ。そのためには、知事の境内地証明、誓約書を揃えなければならないし、その前に総代全員の駐車場購入のための同意書、総代であることの証明書、責任役員会を開催しその議事録、責任役員であることの証明書などを準備する必要がある。


書類の収集期間中も、志乃さんからの、電話での呼び出しは度々あった――。

呆気にとられていると、それは掴み合いと罵倒の修羅場に変わった。

賢治より早く二人に割って入った人がいた。

先日、署名押印を貰いに訪ねた責任役員の中のひとりだった。

その人は賢治に言った。

「驚いたでしょう……顔を会わせるとこうなるんだよ」

「これで二人は子供のころから学校では一、二を競うライバルだったんだがね」

「そのころから仲悪くてさ」

「あ、わしもこの二人の同級生なんだよ」


この事件後も、住職と志乃さんからは、時々仕事が舞い込んでくる。

賢治だって、普段は標準語（の、つもり）で話すが、幼馴染との場では無意識に土地の方言でしゃべっている。

住職と志乃さんの子供じみた喧嘩も、その類のものだろう——。

地金が出る、というか、所詮人間だもの、世間という舞台を演じていないときの素の自分に還ったときには、誰でも弱いところも露わになる……。

ふたりの場合は、チョッと（だいぶ）度を過ぎてはいるが……。

見上げた秋空には千切れ雲がゆったり浮かんでいた。

境内の背後、山並みの稜線がくっきりと東の空を縁取り、気配は静かなる城下町に、近づく晩秋を告げていた――。

死者に招かれて

その日の朝は、雲の切れ間から、庭先の野鳥が残した足跡に陽が射していた。

初雪だった。音は雪に吸収されてか、辺りは静寂に沈んでいた。

事態が急変した日は、そんな朝だった——。


——一年前。

家庭裁判所の窓口へ「不在者の財産管理人」申立書（申立人姉）を届けに出向いた賢治に、書記官が少し首を傾げた。

すかさず、野球でいう敢えてボールを置きに行くと打ち返してきた。

「ほぼ、破産管財人と同じ仕事になりますから、一般の方（不在者の親族信子）では大変だと思いますが……」賢治を見据えて、あなたがやったらどうです？

シグナルを送ってきた——。


——豊島良子四十二歳は八ヶ月ほど前から行方知れずになっていた。

ギャンブル狂の夫、それに起因する夫婦喧嘩が絶えず、婿養子のような夫（養子縁組はしていない）は、二年前に家を出て別居中。一年前に亡くなった姑みつ子の葬式にも顔を出していない。事実上の離婚だ。
夫婦の間に子はいない。

本件は、良子が実家を継いでいるが、同じ集落に嫁いでいる、良子の母みつ子の妹信子、つまり良子の叔母からの依頼だった。

——信子の案内で良子宅を訪れると、独りで住むには持て余しそうな入母屋造りの大きな家だった。

彼女の祖父が建てたものだという。姪の良子が失踪後は、信子が管理している。

部屋は掃除が行き届いていたが、ロープを張っての洗濯物が干したままになっている部屋があり、主を待っているように吊るされていた。

依頼の目的は、みつ子の相続を済ませての後始末にあった。

みつ子も夫は婿養子。不動産はすべて、みつ子名義になっていたのだ。

みつ子には、長女良子の他に二女と三女がいた。

失踪後、いまだに消費者ローンなどからの督促状などが頻繁に届く。

弁護士名での「支払い督促」や納税督促書なども混じっていた。

二女と三女の意向もあり、亡母の不動産を処分しその金で、これ等の始末をつけたい――。


結局、賢治が財産管理人を引き受けることになった。

民生委員や自治会長、みつ子などの不在事実陳述書も添付した。

更には相続人とみつ子名義での上申書（調査書）も加えた。


くだんの書記官は言う、申立書再提出は不可なので変更届を提出するようにと。

更に、一年二年では終わらないケースが殆どです、とエンドレスを暗に仄めかした。


なお、財産管理人の報酬は、原則として裁判所が最優先債権として最初に決定するが（本件では不動産の売却価格が未定なので金額を算定しにくい）、申立人の二女が支払うと云う上申書を提出すれば、例外として家裁は報酬につき係わらない。

また、二女が直接、財産管理人と報酬金につき合意している場合は、家裁への予納金は不要になる。

――先ずは、郵便受けの督促状などにより債権者を特定し、債権届出書や照会書への回答書を郵送してもらい、債務に就いての目録を裁判所に提出することから始めた。

ある消費者金融との電話では、怪訝な容子が窺えた。

督促しようにも連絡さえつかなかったのに、返してくれるってか……ほんとかよ、そんな声が聞こえてくようだ。疑心暗鬼になるのも分かる。

細々なガソリン代などの日常的な債務も出向いて請求書を出してもらった。

弁護士介入の「支払督促」は家庭裁判所で閲覧したところ、直ぐに取り下げになっていた。費用倒れになるからだろう――考えた末、この債務も計上することにした（支払督促が取り下げられた場合、取り下げられた部分につき、初めから督促がなかったことと見なされるが、この支払督促の取り下げは、債権の消滅時効の中断の効果を消し去るだけであって、請求自体を放棄したものではない。

支払督促を取り下げた債権者は債権の消滅時効が完成していない限り、同じ債務者に対して訴えを起こすことができる）。

みつ子の預貯金などの残高証明書などを収集したうえで、遺産分割協議（案）も作成した。内容は、みつ子の遺産全ては良子が相続したうえで代償分割の体裁をとり、不動産を売却した金銭を法定相続分に応じて交付する、というもの。

なお、理由は忘れたが、不動産については、遺産分割後の売却予定額を試算し、法定相続分で分けると不在者のネットの財産はなくなるという計算書も提出した。

不在者の財産管理人の権限外行為（遺産分割協議）許可審判を申し立て、許可も取れた。債務調査と並行して、良子自身の車についても処分の必要があったので、権限外行為として、いちいち、以下のように裁判所にお伺いをたてることになる。

申立ての趣旨

申立人が不在者の財産管理人として、不在者所有の自家用自動車を廃車処分をすることの許可を求めます。

申立ての実情

不在者の自家用自動車は車検証の記載から、平成×年×月の初度登録され、次回車検は平成×年×月×日。走行距離は平成×年×月×日車検時点で十三万七八〇〇キロとなっています（失踪は平成×年×月）。

※現時点での、正確な走行距離は車のキーがないので判読不可。

平成×年×月×日本件自家用自動車の販売先である、××自動車福井××店店長に査定を依頼したところ、査定額が出ないとの事。理由は満十年経過と走行距離数が十五万キロ程度と推定される事及び外装の傷が多い点だそうです。

但し、車検が来年二月までという点を考慮して、キー作成代及び滞納している今年度自動車税（三万九五〇〇円プラス延滞加算税）を不在者側で負担する条件で引き取るとの回答を得ました。

一方、×市×町の××工業株式会社で査定を依頼した結果は、自動車登録上の所有者である××自動車（株）から、所有者名義移転（不在者名義に）に協力が得られるなら、不在者側の持ち出しなしで廃車処分を引き受けるとの回答が得られました。

不在者が消息を絶って以来、間もなく×ヶ月を経過しますが、本件自家用自動車は住居敷地内に放置されたままの状態です。キーが掛かっていないのをいいことに、不特定の子供なり大人が勝手にドアを開閉している気配もあります。

このままでは時間の経過と共に朽廃していきます。少しでも廃車のための経費が嵩まないうちに処分するのが善管義務に適うものと思料します。

福井県税にも照会しましたところ、本年×月末日が納期であり、懈怠《けたい》すると高額の利率で損害金が発生するとの事でした。
以上のような事情から、早急に廃車の手続きをとる必要がありますので、本申し立てをした次第です。

みつ子の遺産である不動産は、宅地（三〇〇〇平方メートル）と住居である家屋と隣接する畑が四〇平方メートルに田圃が五〇〇〇平方メートルと三〇〇〇平方メートルの二筆）だ。当該集落は国土調査が済んでないので、地図ではなく公図といわれているもの。

田圃は集落の人に買ってもらう算段をしていたが、捜すまでもなく噂を聞きつけてか、希望者が現れた。買い入れ希望額もまずまずだった。賢治の父親は生前、一〇〇〇平方メートル当たり三百万円だしてもと、買い増しを望んだものだが、現状は惨憺たるもので十分の一でも買い手を探すのは難しい。
農地法三条移転の手続きを踏むことになるが、二筆の田圃はそれぞれ耕作者（賃借人）が異なり、その賃貸借態様も違って手間取ることにはなった。

問題は宅地だ。ある不動産開発業者が射程に入ってきたが、いろいろリクエストも多い。宅地に隣接する畑は、現況証明をとって宅地にするまでなら賢治の守備範囲だが、隣地との境界画定など、測量が絡んでくる。知り合いの土地家屋調査士に一任するしかない。建物については、買い手が手を加えて売り出す算段ということだった。田園地帯の集落の中とはいえ、買い手が地元の人間でない可能性もある。できる限り村人の同意も得ておきたい。

ということで、村の集会を開いての説明会を催したりもした。閉鎖的な集落にありがちな要求や注文がいろいろと出てきたものだ。

——田圃や宅地などの売買契約書の「権限外行為」の裁判所の許可申立てに際しては、以下のとおり、申し立ての実情で現状を説明した。

いわゆる一物四価というやつで、不動産価格の場合、一般的には、取引価格、公示価格、路線価などの相続税評価額、固定資産税評価額。

今回の売却価格は、最も安価の固定資産税評価額を大きく下回るのだ。土地が大きすぎること、当地のような田舎では適正価格の算出自体が困難なことを以下にように訴えた。

申立ての趣旨

申立人が不在者良子の財産管理人として、別紙目録記載の物件を××株式会社に対し、金××万円で売却することを許可するとの審判を求めます。

なお、物件目録一については売却の前提として現在「畑」の地目を「宅地」に変更することを許可するとの審判を求めます。

申立ての実情

申立人は不在者良子の財産管理人です。

今般、不在者良子が相続した別紙目録記載の物件は、この度の遺産分割協議により、相続財産は一年以内に売却処分したうえ法定相続分に従い、他の相続人に金銭分配する合意がなされています。

敷地の売却予定価格が固定資産税評価額を大きく下回っていますが、農村集落地では買い手も限られ市場性がありません。加えて本件のような、一家離散した物件を好き好んで買う人を期待しようもなく、価格が付くだけでも良しとしなければならないのが現実です。家屋内には遺留品や仏壇等の処分に窮するものも残存します。更に広大な敷地ですから雑草の管理費等の経費がのしかかってきます。遅れれば遅れるほど建物の老朽化は進行し、雑多な管理費がかさんできます。

以上のような事情から、役所の評価額に比し著しく安い価格となることを、ご理解いただきたいのです。

なお、不動産業者二社による「売却見込み価格」につきましては既提出済みの資料により××万円となっています。

また、売却の準備として隣接地との境界確認のための測量、境界標の設置等、土地家屋調査士費用を約××万円予定しています。

以上を踏まえた上で、不在者を除く他の共同相続人全員も、上記申出を受諾する意向なので、申立人もこれに従うのが相当であると考え、本件申立てをします。


暫くして許可が出た。

不動産売却に関しては契約書作成や登記申請に関しては「財産管理人」の権限で、当然賢治が行った。

――その雪の朝は、宅地建物についての登記完了予定日だった。

虫の知らせ、という言葉を耳にしたことは……ある。

法務局に向かうには、そこは遠回りになる道筋になるが、気がつくと何故かその道を走っていた。

遠目にも前方に異変を感じた。

いつもは静かな佇まいの村外れに、パトカーが数台止まり、何事かの事件があったことを告げていた。


良子の遺体の発見者は、貯水槽の定期点検に訪れた消防関係者だった。

事件性もあるということで、賢治も渦中に巻き込まれていくことになる――。


辛い結末だった。数日後、警察本署前の遺体保管室からの遺体移動に始まり検案書の取り付けから葬儀までの一切を担うことになった。

新聞報道もあったことから、行く先々の市役所や家庭裁判所では、言い知れぬ視線を感じ続けた。

なお、別居中の良子の夫あてに財産管理終了報告書を形式通りに郵送はしておいた。

それにしても、あの日の朝、あの場所に向かって切れた車のハンドルには、理屈ではない、人知の及ばない何かを感じざるを得ない。

おわりに

外資の石油会社でオイルマンとして三十年勤務。

五十歳の節目に職を辞して故郷に戻り、自分でも行政書士のなんたるかも知らずに看板を掲げました。本人さえ分かっていないない職業での船出です。

依頼人のあろう筈もなかろう——。

が、世の中分からないものです。いろんな方の支えと御縁のお蔭で、クライアントの人生に寄り添いつつ二十数年の月日が過ぎていきました。

数多の事件に係わらせていただいた、その軌跡の記録を思い立ち、お世話になった方々への感謝の思いも込めて出版の運びとなりました。ただし、守秘義務の観点から大部分において、フィクションの溶け込んだ物語に仕立てています。

願わくば、これから行政書士を目指す方（或いは現役でご活躍の先生）の参考書（反面教師？）のひとつとして、本棚の片隅にでも置いていただけるなら望外の喜びです。

行政書士賢治の事件簿

2023年4月20日　初版第1刷発行

著　者　徳田和男

発行所　株式会社牧歌舎
〒664-0858　兵庫県伊丹市西台1-6-13 伊丹コアビル3F
TEL.072-785-7240　FAX.072-785-7340
http://bokkasha.com　代表者：竹林哲己

発売元　株式会社星雲社（共同出版社・流通責任出版社）
〒112-0005　東京都文京区水道1-3-30
TEL.03-3868-3275　FAX.03-3868-6588

印刷製本　冊子印刷社（有限会社アイシー製本印刷）

ISBN 978-4-434-32012-5　C0093